COLLECTION FOLIO

Jean-Paul Didierlaurent

Macadam

Gallimard

© *Éditions Au diable vauvert*, 2015.

Jean-Paul Didierlaurent est romancier et nouvelliste. Après des études à Nancy, il a travaillé à Paris avant de retourner vivre dans les Vosges. Il a découvert le monde de la nouvelle en 1997 avec un premier concours, avant de remporter de nombreux prix : prix de la ville de Nanterre en 2004 et 2005, prix de la Communauté française de Belgique en 2005 et de la Libre Belgique en 2006, prix de la Nouvelle gourmande de Périgueux en 2008. Il a vu ses nouvelles publiées dans les recueils *Corrida de muerte, Arequipa* et *Le frère de Pérez* avant de remporter le prix Hemingway 2010 avec *Brume* et le prix Hemingway 2012 avec sa nouvelle *Mosquito*. Onze nouvelles qui ont révélé Jean-Paul Didierlaurent sont réunies dans le recueil *Macadam* (Au diable vauvert, 2015). Son premier roman, *Le liseur du 6 h 27* (2014), édité aux Éditions du Diable vauvert, a connu un succès fulgurant. Depuis ont paru *Le reste de leur vie* (2016) et *La fissure* (2018).

À Louis

In nomine Tetris

Depuis près de dix minutes, la voix d'Yvonne Pinchard se déversait dans l'oreille gauche du père Duchaussoy sans discontinuer. Le volet ajouré derrière lequel se tenait le prêtre peinait à filtrer le flot de syllabes chuchotées qui emplissait le confessionnal. Le ton geignard de la bonne femme charriait de pleines bouffées de repentir. De temps à autre, le curé murmurait un « oui » discret d'encouragement. Après plusieurs décennies de sacerdoce, l'abbé excellait dans cet exercice délicat qui consistait à inviter ses ouailles à s'épancher sans jamais les interrompre. Tout le secret d'une bonne confession résidait dans ce savoir-faire si particulier. Souffler doucement sur les braises, raviver la faute du pécheur afin que vienne la pénitence. Surtout ne pas les stopper dans leur élan, ne pas mettre en travers du chemin de l'expiation une réflexion compatissante, un questionnement inutile, voire un début de pardon précipité. Non, il fallait les laisser se vider de leurs mots, de tous leurs mots. La clé du salut était là. Écouter leur monologue jusqu'à ce qu'enfin, saoulés par leur propre logorrhée, ils s'affaissent sur eux-mêmes sous le poids du remords et s'offrent docilement à la bénédiction du prêtre. Absoudre devenait alors un jeu d'enfant et ne demandait pas plus d'effort que celui nécessaire à la cueillette d'un fruit arrivé à maturité. Le père Duchaussoy tira le minuscule carnet qui ne quittait jamais la poche de sa soutane et nota de son écriture appliquée : *L'absolution est au pécheur ce que la vendange est à la vigne.* Le prêtre adorait collectionner analogies et métaphores et en usait plus que de raison lors de ses sermons. Il calcula mentalement que, malgré un débit soutenu, Yvonne Pinchard en avait encore pour au moins cinq minutes. L'homme d'Église s'adossa à la cloison de bois et étouffa dans ses mains un énième bâillement. Son estomac émit une série de gargouillis que la dame Pinchard prit comme autant d'encouragements à poursuivre la confession de ses fautes.

Le vieux curé s'en voulait d'avoir trop mangé. Lors de ses premières années de prêtrise, il avait pris la sage habitude de souper frugalement les soirs de veillée pénitentielle. Un potage suivi d'une pomme faisait souvent l'affaire. Ne pas s'alourdir plus que de raison, garder de la place pour tout le reste. Il avait appris à ses dépens que le poids des péchés n'était pas une vaine vue de l'esprit et que deux heures de confessions pouvaient vous remplir l'estomac aussi sûrement qu'un banquet de communion solennelle. Un siphon d'évier, voilà tout ce qu'il était lorsqu'il se retrouvait confiné avec Dieu dans ce réduit minuscule. Un siphon qui devait récupérer dans son culot toutes les salissures de la terre. Les gens s'agenouillaient devant lui et déposaient sous son nez leur âme sale comme ils auraient glissé des souliers crottés de boue sous le filet d'eau d'un robinet. Un coup d'absolution et le tour était joué. Les pécheurs pouvaient s'en retourner du pas léger des purs. Lui regagnait la cure d'une démarche poussive et se glissait dans son lit, tout nauséeux de cette fange qu'il avait dû ingurgiter bon gré mal gré. Mais avec le temps, l'habitude avait fini par éroder les effets néfastes que l'exercice produisait sur son vieil organisme et il n'était pas rare, comme ce soir, que l'abbé Duchaussoy fasse excès de bonne chère. Tout à l'heure, il avait abusé à trois reprises du divin gratin de pommes de terre qu'Yvonne Tourneur, l'une des fidèles animatrices de l'équipe liturgique, avait gentiment déposé à la cure à son intention, encore tout chaud sous le craquant du gratiné. Il y avait belle lurette que l'abbé ne considérait plus la gourmandise comme un péché. Le véritable péché à ses yeux eût été de dédaigner les bonnes choses que le Créateur s'était échiné à mettre à disposition des hommes sur cette terre. Et indiscutablement, le gratin d'Yvonne Tourneur faisait partie de ces choses-là, même s'il lui fallait payer cash sa voracité de désagréables renvois aillés.

La puissante toux qui lui parvint de l'autre côté de la cloison fit sursauter l'homme d'Église. Yvonne Pinchard attendait son absolution. Il ânonna la prière du pardon d'une voix lasse avant de libérer la pécheresse qui se retira après avoir effectué une dernière génuflexion en gémissant. L'abbé profita du court répit que lui offrait l'arrivée de la prochaine brebis pour se lever et étirer ses membres engourdis. Son postérieur semblait avoir été colonisé par un nid de fourmis. Ses genoux rechignaient à le porter. La ceinture du pantalon comprimait sa panse distendue. Tout son corps n'était plus qu'un sac de douleurs. Il nota mentalement qu'il serait bon à l'avenir de se munir d'un coussin un peu plus ventru que la maigre garniture en velours qui recouvrait le tabouret de chêne sur lequel reposait son fessier des heures durant. Il remonta la manche de sa soutane pour consulter sa montre. Une heure, cela faisait une heure qu'il était confiné dans ces trois mètres cubes de pénombre et cela lui avait semblé une éternité. Il avait passé par le pardon une dizaine de paroissiens et si ses comptes étaient bons, il lui en restait encore une bonne quinzaine à nettoyer. Des fidèles qu'il connaissait par cœur, qu'il avait baptisés pour certains, mariés pour la plupart, bénis, félicités, sermonnés, rassurés, condoléancés. Isabelle Levasseur, péché de gourmandise, qui, entre deux confessions, ne pouvait s'empêcher de s'empiffrer de petits-fours. Raymond Vauthier, addiction à la boisson, qui, veillée pénitentielle après veillée pénitentielle, avouait son penchant pour la dive bouteille en exhalant moult relents anisés. Guy Arbogast, onanisme effréné. Raymonde Mangel, jalousie maladive envers sa belle-sœur. Il était à l'image de ces vieux toubibs de campagne qui reçoivent leurs patients une fois par mois au moment du renouvellement de leurs ordonnances. Une formalité, sauf qu'en lieu et place de cholestérol, de diabète, d'arythmie ou de rhumatismes, il lui fallait, après examen de conscience, combattre luxure, avarice, envie, orgueil et autres pathologies de l'âme à coups d'absolution. Il se surprenait parfois à rêver d'un aveu hors du commun. Un viol, voire un bon meurtre par exemple, qui aurait réveillé son attention émoussée. Avec le temps, la routine s'était installée et le père

Duchaussoy confessait à présent sans passion. Le masque de profond repentir qu'affichait son visage et qui plaisait tant aux dévotes énamourées qui papillonnaient autour de sa personne n'avait d'autre origine que la muette résignation avec laquelle il accomplissait sa tâche. L'ennui était l'ennemi car avec lui s'invitait immanquablement la somnolence. Les boiseries couleur de miel patinées par le temps, les ténèbres que retenait dans ses plis l'épais rideau pourpre, l'odeur de la cire chaude, tout ici était propice au repos du corps et de l'esprit. Il allait lui falloir une fois encore lutter pour ne pas sombrer dans la torpeur qu'engendrait la douillette atmosphère du confessionnal.

Une nouvelle silhouette glissa devant le volet ajouré, obturant la lumière vacillante des cierges. Le plancher émit un grincement de protestation en accueillant le quintal de Suzanne Chambon dont les yeux inquisiteurs luisaient comme des billes d'agate tandis qu'elle cherchait à apercevoir le prêtre au travers des croisillons de bois. Suzanne Chambon était transie d'admiration pour son curé et ne manquait jamais l'occasion d'un tête-à-tête avec lui. Quinze bonnes minutes de causerie enfiévrée pendant lesquelles cette grenouille de bénitier allait passer en revue la totalité des sept péchés capitaux, histoire de faire durer le plaisir. Tandis que le père Duchaussoy retrouvait la dureté du tabouret en grimaçant, sa main se faufila au travers du surplis de la soutane pour atteindre l'objet terré dans sa poche de pantalon. La solution pour vaincre l'ennui était là. Yeux clos, il caressa du bout des doigts les boutons de l'appareil, récitant mentalement chacune des fonctions. Start, Level, Select, Turn, Sound... Comme il lui serait facile de l'exhumer du fond de sa poche là, maintenant, tandis que la pécheresse entamait un soliloque qu'il connaissait par cœur. Alors qu'il s'apprêtait à passer à l'acte, la voix explosa dans sa tête. *Pas ici !* Le vieux curé sursauta. Il y avait longtemps que la voix de sa conscience n'avait pas retenti aussi clairement sous la voûte de son crâne. Il était loin le temps où elle surgissait à tout moment pour venir aboyer son indignation à ses oreilles pour un oui, pour un non. Il avait appris à l'ignorer, à défaut de la faire taire. Ces dernières années, sa conscience passait le plus clair de son temps à somnoler, lovée sur le paillasson de sa raison telle une vieille chienne paressant sous le soleil, incapable de sortir d'autres sons que ces vagues grognements lorsqu'elle apercevait quelque chose qui lui déplaisait. L'appareil caché dans sa poche avait mis tous ses sens en alerte et elle ne semblait pas vouloir se calmer. *Ne te raconte pas d'histoires. Tu n'as pas emporté cet objet dans le confessionnal pour le seul plaisir de le tripoter à travers ta soutane.* Il argumenta qu'il avait agi sans réfléchir. Que tandis que la grande cloche égrenait les premiers coups de vingt heures et qu'il quittait la cure pour rejoindre l'église, il avait emporté la chose avec lui. Un geste automatique, comme on emporte un parapluie pour se prémunir de l'averse annoncée. Au cas où. *Au cas où quoi, Philibert ?* Lorsque sa conscience l'interpellait par son prénom, c'était sans issue. Celle-ci n'aurait de cesse de fouiller ses pensées jusqu'à ce qu'elle déterre la bonne réponse. Le père Duchaussoy soupira. Au cas où je m'ennuierais. Voilà, c'était dit. Sa conscience en resta muette de stupéfaction. Il profita de ce court répit pour lui claquer la porte de la niche sur la truffe. Et tandis que Suzanne Chambon, après l'orgueil et la colère, s'attaquait à la luxure, le vieux curé tira de sa poche l'objet de son désir.

De la taille d'une calculette, l'appareil épousait agréablement la paume de la main. Gravé en creux, le mot s'étalait en toutes lettres sur la coque de plastique : *Tetris*. Deux mois plus tôt, la femme de ménage avait apporté au prêtre la Game Boy trouvée dans la salle de catéchèse au rez-de-chaussée de la cure. Personne n'était depuis venu la réclamer. Un soir, alors qu'il se trouvait en panne d'inspiration et à court de métaphores pour son sermon du lendemain, le père Duchaussoy avait saisi l'appareil qui se trouvait à droite du pot à crayons. Sans même réfléchir, il avait appuyé sur le bouton de mise en marche. Incrédule, il avait vu apparaître derrière la surface vitrée les petites figures géométriques qui s'étaient mises à glisser inexorablement vers le bas de l'écran avant de s'empiler de manière anarchique les unes sur les autres. Lorsque l'amas coloré avait atteint le plafond virtuel, l'appareil avait émis un bip aigu de mécontentement et un *Game Over* en lettres rouges avait envahi l'écran en clignotant. L'abbé avait appuyé une seconde fois sur le bouton *Start*, déclenchant une nouvelle pluie multicolore. Pendant près d'une demi-heure, s'était déroulé le même manège. Après chaque bip annonçant la fin de la partie, il relançait l'appareil et regardait avec une fascination croissante les pièces tomber une à une, victimes d'une pesanteur artificielle. Des pièces qu'il dénombra au nombre de sept, comme les sept péchés capitaux. Il y avait le bâton, le carré et celles en forme de lettres : le J, le S, le Z et le T. À chacune d'elles, était attribuée une couleur spécifique. Le prêtre avait examiné les différentes commandes situées en dessous de l'écran. La croix de plastique noire avait intrigué l'homme d'Église. Il avait passé une bonne partie de la nuit à tenter de comprendre le fonctionnement de cette chose diabolique, s'enhardissant à appuyer sur les différents boutons à disposition, découvrant avec ravissement que tel avait le pouvoir de déplacer les figures latéralement, un autre d'accélérer leur chute, un autre encore de permettre la rotation des pièces sur elles-mêmes. Au matin, après une courte nuit de sommeil, il s'était rendu à la médiathèque où, timidement, il s'était approché de la moins âgée des bibliothécaires pour lui signifier entre deux raclements de gorge l'objet de sa quête. La jeune femme était parvenue à trouver son bonheur en quelques clics. *Tetris, histoire d'un jeu devenu mythe*, au rayon jeux et loisirs. Cent quatre-vingt-seize pages sur le sujet, du mode d'emploi aux plus gros records jamais enregistrés en passant par les différentes versions qui avaient été produites depuis l'invention du programme. Le jour même, après avoir dévoré l'ouvrage des yeux et s'être familiarisé avec le maniement des touches, il complétait une première ligne que la Game Boy engloutissait joyeusement en libérant un bloup de contentement. Depuis cette date, tous les soirs, le prêtre retrouvait avec une même joie sauvage l'appareil remisé dans le tiroir de sa table de nuit. Si les voies du Seigneur étaient impénétrables, celles du Tetris ne l'étaient plus pour lui. Le père Duchaussoy domptait à présent la chute des tétrominos avec la dextérité

In nomine Tetris

d'un jeune ado. Des heures à se brûler les yeux sur la console, à combler les vides, encore et encore, à repaître de lignes l'appareil insatiable afin de repousser l'issue fatidique. Il était l'archange saint Michel terrassant le dragon. Il était Jeanne d'Arc boutant les Anglais hors de France. Il était Moïse fendant les eaux de la mer Rouge. À plusieurs reprises, la Game Boy avait offert à l'ecclésiastique virtuose l'insigne honneur d'inscrire son nom au palmarès des meilleurs scores enregistrés dans l'appareil.

Comme il fallait s'y attendre, Suzanne Chambon n'en finissait plus de dévoiler ses pensées impures, lui susurrant de long en large ses tripotages intimes et ses orgasmes torrides. La Game Boy émit un signal aigu lorsque l'index du prêtre écrasa le bouton *Start*. Pendant un court instant, l'homme d'Église eut la certitude que le Très-Haut était là, penché au-dessus de son épaule, intrigué qu'Il était par ce drôle de jouet. L'abbé Duchaussoy programma l'appareil en mode silence. Les premières figures aspirèrent son regard enfiévré. La voix de Suzanne Chambon se fit de plus en plus lointaine. Le confessionnal disparut, l'église elle-même s'évanouit. Il n'y eut plus que les tétrominos multicolores qui glissaient sans bruit sous la surface vitrée. Les pouces s'activèrent, pianotant habilement sur les touches. Les pièces voletaient de droite à gauche, tournoyaient dans les airs avant de venir se ranger à l'endroit souhaité au bas de l'écran. Le vieux curé se fendit d'un large sourire lorsque la console avala une première ligne, engrangeant cinquante points au compteur.

Macadam

L'averse avait redoublé de violence à l'arrivée de la jeune femme sur le parking. Les gouttes s'abattaient depuis cinq bonnes minutes sur le toit de la voiture en un staccato continu. Par-delà le rideau de pluie, le macadam semblait se dissoudre dans l'air en un vaste lavis, gris sur gris. Mathilde avait un temps espéré que le type se serait peut-être dégonflé, qu'après mûre réflexion, il avait finalement opté pour le lapin, un bon vieux lapin posé dans les règles de l'art. Cette éventualité avait volé en éclats à la vue du break jaune garé près de l'entrée du restaurant. À présent, la jeune femme attendait une accalmie pour quitter la chaude atmosphère de son véhicule. L'averse n'était qu'un prétexte pour repousser l'échéance du tête-à-tête, elle le savait pertinemment. C'était la trouille qui la faisait retarder le moment où il lui faudrait s'arracher à son siège pour traverser le parking. Les questions se bousculaient dans sa tête. Comment allait-il réagir ? Allait-il éclater de rire ? Partir offusqué, sans même un mot ni un regard pour elle ? S'enfuir en criant qu'il y avait eu tromperie sur la marchandise ? La laisser s'attabler, le temps d'une brève explication, histoire de lui montrer son désappointement et puis l'abandonner à son triste sort comme une vieille chaussette ? Ou rester ? Mais rester pourquoi ? Par simple curiosité ? Pour vivre une expérience qui sortait de l'ordinaire et pouvoir raconter à ses potes la putain de drôle d'aventure qu'il avait vécue ? Pour jouer avec elle comme un chat s'amuse d'une souris ? Le seul moyen de le savoir était d'y aller. À une vingtaine de mètres, les fenêtres du restaurant brillaient de mille feux. Vingt mètres qu'elle allait devoir franchir à découvert dans la lumière des lampadaires, vingt mètres à subir les regards qui n'allaient pas manquer de se poser sur son corps et de se planter dans ses chairs comme autant de morsures. Elle frissonna. Depuis l'accident, il n'y avait plus qu'à son travail que la jeune femme supportait le regard des autres.

Aujourd'hui, l'humanité tout entière avait défilé devant elle. Des hommes, des femmes, des vieux, des jeunes, des petits, des gros, des Noirs, des Blancs, des Jaunes, des rougeauds, des bronzés, des polis, des geignards, des taiseux, des dragueurs, des hautains, des timides, des empruntés, des connards, des comiques, des belles, des moches, des vulgaires, des lents, des pressés. C'était les pires, les pressés. Toujours à vouloir que la barrière se lève avant même le premier euro versé. Elle s'en foutait, Mathilde. Elle ne pouvait pas aller plus vite que la musique. Pressés ou pas, elle devait se contenter de suivre mot pour mot le script élaboré par les têtes pensantes de la société des Autoroutes Paris-Rhin-Rhône. Saluer le client, annoncer d'une voix polie le montant à régler pour avoir foulé le précieux ruban d'asphalte, remercier de cette même voix polie le conducteur une fois l'encaissement effectué et lever cette saleté de barrière blanche et rouge tout en souhaitant aux conducteurs une bonne route de la part de la APRR. Des échanges qui ne devaient pas excéder le temps de référence fixé en début d'année par son responsable lors de son entretien de progrès, qui était de quatorze secondes exactement en ce qui la concernait. Selon le dernier suivi mensuel, elle était encore à plus de trois secondes de son objectif. Mathilde emmerdait son objectif. Elle ne manquait jamais de glisser une petite phrase supplémentaire au milieu du plan de dialogue lorsqu'elle en avait l'occasion, prolongeait les sourires plus que de raison, rendait la grimace aux gamins qui lui tiraient la langue, saluait ceux qui lui faisaient coucou, effleurait du bout des doigts les mains qui lui tendaient le ticket de péage, touchait les paumes lors du rendu de la monnaie, se cramponnait aux regards avant qu'ils ne s'envolent. La jeune femme affichait un comportement qui allait à l'encontre du rendement, elle en était bien consciente. Mais la nouvelle Mathilde se foutait des consignes. La nouvelle Mathilde avait soif de contacts, qu'ils soient visuels ou tactiles, fussent-ils brefs. Et puis trois secondes, ce n'était pas la lune. Si ça ne leur plaisait pas que le signal lumineux de la file numéro douze reste au rouge un peu plus longtemps que les autres, ils n'avaient qu'à le lui dire en face. Mais on ne lui disait plus rien en face, à Mathilde, pas même le responsable de zone, ce même responsable qui, avant l'accident, n'aurait jamais manqué une occasion de lui balancer une vanne graveleuse et pleine de sous-entendus en la regardant droit dans les seins et qui à présent l'évitait comme une pestiférée. Jamais Mathilde n'aurait imaginé un jour regretter le temps béni où ce pervers matait son cul dès qu'elle avait le dos tourné. Aussi, lorsqu'un conducteur tentait un plan drague, elle en jouait, Mathilde. Papillonnait de toutes ses paupières, minaudait, jouait les vierges effarouchées. Elle savourait l'instant, avant de faire dégager le Prince Charmant d'un lever de barrière expéditif. Si tu savais, mon beau, tu ne gaspillerais pas ta salive à essayer de me séduire, pensait-elle avec dépit. Parfois, un véhicule semait dans son sillage une insulte jetée par une vitre abaissée. Mathilde recevait ces petites bulles de haine comme autant de cadeaux. Personne jamais n'aurait osé l'insulter en dehors de ces quelques mètres cubes d'air puant dans lesquels elle marinait les jours de travail. À l'extérieur, elle n'avait droit qu'à de l'apitoiement, de la compassion, voire au mieux à de l'indifférence. Et tous ces *« pétasse »*, *« mal baisée »*, *« salope »*, *« putain de l'État »* qu'on lui jetait à la face de temps à autre la faisaient se sentir plus vivante que jamais, plus encore peut-être que les sourires amicaux ou les petits mots gentils.

Lorsqu'elle avait repris le travail cinq mois plus tôt, la cabine numéro douze était aussitôt devenue *sa* cabine. Étant la plus facile d'accès, ça s'était fait naturellement. Une sorte d'accord tacite passé avec ses collègues, sans que personne n'y trouve à redire. C'était devenu l'endroit qu'elle aimait le plus au monde. La cabine n'avait pourtant rien d'idyllique. Les jours de canicule, le ventilateur posé à ses pieds, même réglé sur sa vitesse maximum, peinait à rafraîchir l'air surchauffé emprisonné entre les parois de tôle. En hiver, le radiateur poussif ne parvenait jamais totalement à contenir le froid que soufflait le vent du nord lorsqu'il s'engouffrait en vagues glaciales sous l'auvent. Sans parler des gaz d'échappement et des vapeurs d'essence qui, en toute saison, rampaient sournoisement jusqu'à elle pour venir lui irriter la gorge et lui brûler les yeux, accompagnés des innombrables coups de klaxon et pétarades qui agressaient ses tympans. C'était le prix à payer pour laisser à l'extérieur l'autre Mathilde. Celle qui s'aventurait le moins possible hors de son appartement, celle qui sursautait à chaque sonnerie du téléphone, qui passait ses jours de repos cloîtrée chez elle en pyjama, à faire l'autruche le nez plongé dans ses bouquins. Cette autre-là n'existait plus lorsqu'elle pénétrait dans la cabine numéro douze de la gare de péage de Villefranche-Limas. Ici, pendant les sept heures que durait sa vacation, elle redevenait la Mathilde d'avant. Celle qui se pomponnait, chantonnait, s'habillait avec autre chose que ces vieux joggings qu'elle portait à la maison. Ici, elle était la reine, une reine qui, tous les jours du haut de son trône, faisait défiler à ses pieds la foule bigarrée de ses sujets. Lorsque l'occasion se présentait, elle aimait contempler son reflet sur le flanc lisse des camionnettes, celui d'une Joconde nimbée de lumière se souriant à elle-même.

Le break jaune avait fait son apparition deux mois plus tôt au milieu du défilé hypnotique des véhicules. Un jeune représentant comme elle en voyait passer des dizaines tous les jours. Costard-cravate, coupe de cheveux soignée. Mais le sourire franc et chaleureux qu'il lui avait offert n'avait rien de surfait et avait chauffé les joues de Mathilde. Le break jaune et son occupant étaient revenus le lendemain, puis le surlendemain. Tous les jours, l'homme empruntait cette portion d'autoroute, se glissait dans la file de la cabine numéro douze et, à chaque fois, offrait ce même sourire qui venait illuminer son visage et embraser le cœur de la jeune femme. La semaine passée, au « bonjour monsieur » de Mathilde, il lui avait dit s'appeler Jean-François. Elle n'avait pu s'empêcher de pouffer dans ses mains telle une ado écervelée. Lorsqu'elle s'était excusée en lui affirmant qu'il n'avait vraiment pas une tête à se prénommer Jean-François, il avait rétorqué en riant qu'il ignorait qu'il existait des têtes à s'appeler Jean-François. Et selon vous, avait-il demandé curieux, j'ai une tête à m'appeler comment ? Elle avait réfléchi quelques secondes avant de s'exclamer « Vincent ». Ouais, d'après elle, il avait une tête à s'appeler Vincent. Il avait éclaté de rire avant de lui avouer que Vincent était le deuxième prénom qui figurait sur ses papiers d'identité. Mathilde vous va à ravir, avait-il lâché en fixant le badge accroché à son chemisier avant de redémarrer, pressé par le concert de klaxons qui montait de la file derrière lui. Mathilde ne vivait plus que pour cette brève rencontre qui, tous les jours, venait enchanter son existence. À l'approche de l'heure de passage du break, elle se surprenait à guetter dans la file l'apparition du véhicule. Et lorsque la tache jaune soleil apparaissait au loin, le pouls de la jeune femme s'emballait. Arrête de te faire des films, ma vieille, se disait-elle. Tu as trop lu de romans de gare. Avant-hier, un petit mot accompagnait le ticket de péage qu'il lui tendait. Une invitation à souper vendredi soir, si elle était disponible. Et comment qu'elle était disponible. Vendredi ou n'importe quel autre jour, comme il lui plairait, la nuit, le jour, toute la vie, elle était disponible. Sans attendre, elle avait lâché dans un souffle qu'elle acceptait l'invitation avant de lever la barrière, le feu aux joues.

Le moment de la confrontation a sonné, ma vieille, songea Mathilde tandis qu'elle vérifiait une dernière fois son maquillage dans le rétroviseur du plafonnier. Au cours de sa rééducation, il lui avait fallu réapprendre les gestes. D'abord hésitants, ceux-ci étaient revenus rapidement.

Souligner les yeux d'un trait de mascara, lisser le fard à paupières avec la pulpe de l'index, frotter les lèvres l'une contre l'autre pour étaler uniformément le rouge sur toute leur surface. Se maquiller faisait partie de la thérapie, lui avait-on seriné au centre de réadaptation. Apprivoiser sa nouvelle image, se réapproprier son corps. Ils n'avaient que ces mots-là à la bouche. Après avoir fait coulisser la porte de sa voiture, Mathilde se contorsionna pour extirper le fauteuil rangé derrière elle. Des mois d'entraînement avaient fini par rendre les opérations presque naturelles. Déplier, abaisser, verrouiller, des opérations bien ordonnées et répétées plusieurs fois par jour, au milieu de ces cliquetis métalliques qu'elle détestait par-dessus tout. Ahanant sous l'effort, elle agrippa la poignée située au-dessus de la portière et bascula son corps hors de la voiture en prenant appui de sa main libre sur l'accoudoir du fauteuil. La pluie avait faibli. La jeune femme posa son sac à main sur ses genoux, prit une profonde inspiration et s'élança en direction du restaurant. Dans son dos, les roues du fauteuil roulant dessinèrent deux balafres humides sur le macadam luisant.

Une lumière savamment tamisée baignait l'intérieur de la salle. Le brouhaha feutré des conversations se mêlait à la musique de fond que diffusaient les haut-parleurs encastrés dans le plafond. Jean-François se trouvait à droite de l'entrée, assis à la première table. Un Jean-François dont la bouche s'était figée en un énorme O de surprise à la vue du fauteuil et des deux membres atrophiés qu'étaient devenues les jambes de la jeune femme. L'effarement allait bientôt laisser la place au dégoût et au rejet, Mathilde n'en douta pas un seul instant. Elle n'aurait jamais dû foutre les roues ici. Elle s'en voulait. Avait envie de hurler à la face du monde qu'elle n'y pouvait rien si la Miss Cotorep qu'elle était dorénavant avait pris ses désirs pour des réalités. Que c'était tout ce qu'il lui restait, les rêves, et qu'elle était désolée, Jean-François, vraiment désolée pour t'avoir joué ce mauvais tour mais qu'elle avait voulu tenter sa chance. Voilà. Mais elle ne dit rien de tout cela, Mathilde. Alors qu'éclatait le rire du jeune homme, elle baissa la tête, bloqua la roue droite et poussa la gauche pour effectuer un rapide demi-tour en direction de la sortie. Des larmes plein les yeux, la gorge serrée, elle franchit la porte et roula en direction de sa voiture, activant ses avant-bras à toute vitesse, ses mains entraînant les cerceaux d'acier, insensible à la pluie qui avait repris de plus belle. « Attendez, Mathilde ! Attendez, bon sang ! » Elle s'arrêta au bout du parking, le cœur battant à tout rompre, à bout de souffle. Les pneus chuintèrent désagréablement à ses oreilles tandis qu'elle faisait volte-face. Jean-François déboulait à toute allure. Un Jean-François qui ne courait pas mais qui roulait, roulait vers elle avec sur le visage ce beau sourire qu'elle aimait tant, tandis que les roues de son fauteuil fendaient les flaques en projetant dans les airs de magnifiques gerbes d'eau.

Mosquito

> Un silbo que aposenta su medida
> en el aire acordado de la suerte,
> un pase de la luz al de la muerte
> o en alas de la sombra al de la vida.
>
> Extrait du poème
> *La música callada del toreo*
> de Rafael ALBERTI

Tout le monde avait espéré le Père Noël en ce magnifique dimanche de Pentecôte. Un Père Noël avec une belle hotte remplie d'oreilles, voire même d'une ou deux queues. Le vieux barbu nous devait bien ça. Trois ans que l'Ange de Séville n'avait plus foulé le sable des arènes de Nîmes. Trois putains de longues années sans Javier Sanclemente et sa manière si particulière d'appréhender son art. Un torero à vous foutre une foule en transe dès les premières secondes. Une économie de mouvements qui frisait l'indécence. El Ángel mourait à chaque passe pour mieux renaître à la suivante. Ce type était un miracle perpétuel, et pour beaucoup, un fantasme incarné. Dès l'ouverture des guichets trois mois plus tôt, les places s'étaient arrachées en quelques heures pour ce mano à mano de rêve avec Esteban Villacampa, l'étoile montante depuis deux saisons. Ouais, tout le monde avait espéré le Père Noël mais en lieu et place de sa bonne bouille avenante de grand-père généreux, c'est la Grande Faucheuse qui s'est pointée, Dame la Mort en personne venue nous rendre une petite visite au beau milieu de la faena de l'Ange avec son dernier taureau. Il ne lui faut jamais bien longtemps pour frapper, la Mort. Pas plus de temps qu'il n'en faut au taureau pour relever la tête. Il lui suffit pour accomplir son œuvre juste d'une brèche, une putain de brèche par laquelle elle n'a plus qu'à glisser la lame de sa faux. En général, elle se débrouille très bien toute seule mais si en plus, un pauvre type comme ma pomme lui déverrouille le loquet, elle ne se fait pas prier pour passer. Et que ce soit involontaire ou pas, accidentel ou criminel, elle s'en contrefout. Les « Pardon madame, j'ai pas fait exprès », elle s'en bat les plis de la capuche, cette traînée. La grosse boulette de Gaétan Vignal, c'est pas son problème. Toujours à l'affût, elle n'en demandait pas plus pour foncer et faire son petit prélèvement. Et un torero, un ! Devant plus de treize mille personnes, j'ai entrebâillé la porte à cette salope décharnée. Oh, à peine, un minuscule interstice, mais bien assez pour que le taureau parvienne à déchirer l'espace de sa corne droite pour aller fouailler les chairs de l'Ange.

Fuir, c'est la première chose qui me soit venue à l'esprit lorsque c'est arrivé. Fuir, avec pour unique obsession cette volonté de m'éloigner de l'épicentre, de quitter sans attendre cet endroit devenu maudit. Foutre le camp, coûte que coûte, avant que tout n'explose. Mettre le plus de distance possible entre moi et ça, cet insupportable spectacle qui venait de nous péter en pleine gueule par ma faute. J'ai même pas réfléchi une seconde. Un vrai automate, une succession de gestes nerveux. Jeter en hâte l'instrument dans son écrin de velours rouge sombre, balancer les partoches par-dessus, replier le petit pupitre portatif et puis détaler, l'étui calé sous le bras, avec la désagréable impression de jouer le rôle d'un de ces personnages de mauvais film de gangsters qui, après avoir vidé sa sulfateuse sur sa victime, se débarrasse de son arme encore fumante dans l'étui à violon avant de décamper. Même pas pris le temps de jeter un dernier regard vers l'abomination. Pas envie de voir le gâchis. Je m'attendais à ce que des mains me retiennent, à ce qu'on crie mon nom ou que le chef m'interpelle. Oh, Gaétan, qu'est-ce que tu fous ? Mais personne n'a semblé remarquer mon départ. Tous n'avaient d'yeux que pour l'agitation qui venait de saisir le petit monde d'en bas. La porte D me dégueulait sur la place des Arènes alors que la foule était encore transie d'effroi sur les gradins. Une foule en état de collapsus, abasourdie, tentant vainement de comprendre ce dont elle venait d'être témoin, s'efforçant de se persuader qu'elle avait rêvé cette corne qui venait de s'enfoncer dans le torse d'El Ángel sans plus de difficulté que la pointe d'un couteau dans une motte de beurre tendre. Passer en une seconde du ravissement extatique le plus délicieux qui soit à l'horreur la plus totale ne se fait pas sans séquelles. Ça vous anesthésie l'entendement quelques minutes un truc pareil. Ces quelques minutes de répit, c'est tout ce que j'avais pour me tirer de là et me foutre à l'abri, avant que tout ce petit monde n'émerge du cauchemar et ne me tombe dessus ! C'est que ça peut être con une foule. Ça peut avoir le lynchage facile. Surtout une foule qui vient de perdre ses plus belles illusions à cause d'un incapable.

J'ai traversé la place en courant. Les épaules de bronze de Nimeño II brillaient de mille feux sous les rayons implacables du soleil de ce début d'après-midi. Me suis faufilé entre le flot de voitures pour traverser le boulevard des Arènes avant de m'engouffrer dans la rue Alexandre-Ducros. Sans ralentir l'allure, j'ai fendu la petite grappe de touristes agglutinés devant le musée des Cultures taurines. J'ai eu envie de leur gueuler dans les oreilles que s'ils en voulaient, de la culture taurine, ils pouvaient en bouffer tout leur soûl à deux pas de là. De la toute fraîche, bien palpitante, pas encore remisée sous vitrine à l'abri de la poussière mais écrite en lettres vermillon sur le sable brûlant des arènes. Je crois bien que c'est à ce moment-là que j'ai pris conscience que ma vie venait de se scinder en deux, qu'il y aurait à présent deux mondes bien distincts : le monde d'avant cette cornada et celui d'après, avec au beau milieu, dressés vers le ciel, ces trente centimètres de kératine maculés du sang de Javier Sanclemente. J'ai descendu la rue Jean-Reboul sur quelques dizaines de mètres avant d'obliquer à droite sur la rue de l'Hôtel-Dieu. J'aurais voulu devenir invisible, me fondre, être le plus lisse possible afin de ne pas accrocher le regard des passants rencontrés. N'être plus qu'une vague silhouette entraperçue en bordure de leur champ de vision et non ce type au regard halluciné et au visage mangé par la peur courant comme un dératé au travers des ruelles avec son étui sous le bras. Pas un seul instant je n'ai osé me retourner, de crainte de voir la multitude fondre sur moi. La rue Dagobert m'a avalé avant de me recracher rue Louis-Laget. Numéro 36. J'ai grimpé quatre à quatre les marches de l'escalier menant à mon studio. Mansardé, le studio. Bas de plafond, parquet grinçant, radiateur électrique d'un autre âge, une fenêtre de toit en fin de vie qui laisse rentrer l'eau quand le vent l'y aide. En été, les tuiles boivent le soleil de toute leur terre cuite, histoire de vous transformer les lieux en véritable fournaise. Pourtant, jamais ces vingt-huit mètres carrés rencognés sous les toits ne m'avaient paru si accueillants. Je m'y suis précipité tel un lapin aux abois regagnant la chaleur du terrier, loin du fracas des hommes, des armes et des chiens. J'ai verrouillé la porte à double tour avant de m'affaler sur le canapé, la poitrine en feu, ruisselant de sueur, les jambes dures comme du bois. On ne sprinte pas sur près d'un kilomètre comme un garenne de six semaines sans payer cash son arriéré d'ancien fumeur et la dizaine de kilos en trop qui va avec. Suis resté prostré là sans bouger, hagard, à contempler le mur d'en face, à l'affût des premiers signes annonciateurs de la curée. Ils n'allaient pas tarder. Il ne pouvait en être autrement. Une heure a passé et puis deux. Deux heures interminables pendant lesquelles le sentiment de culpabilité niché sous mon crâne n'a cessé de croître en distillant son venin, se nourrissant de mon angoisse. Putain, qu'est-ce qui avait bien pu se passer ?

Personne n'avait été surpris lorsque, deux mois plus tôt, le chef après avoir pris connaissance des cartels de Pentecôte nous avait branchés sur *Coralito*. La légende ne disait-elle pas qu'El Ángel encore bébé avait décoché à sa mère son premier sourire en écoutant le célèbre pasodoble de Juan Álvarez Cantos. L'orchestre des arènes pouvait bien lui rendre cet hommage à l'occasion de son retour à Nîmes. On peut dire qu'on l'a bossé, *Coralito*. Deux mois durant, en long, en large et en travers, mouvement après mouvement. J'en ai bouffé de son solo, à Juan Álvarez Cantos, la bouche vissée à l'instrument à m'en gercer les lèvres, encore et encore, jusqu'à le jouer les yeux fermés. Au bout de ces deux mois, j'étais prêt comme jamais je ne l'avais été. C'était sans compter sur ce restant de migraine qui, ce matin au réveil, est resté agrippé à mes tempes de toutes ses griffes, reliquat d'une nuit de folie à danser jusqu'à plus soif. Une danse, un mojito. Une danse, un mojito. Une danse, un mojito. Une nuit à boire jusqu'à ne plus danser. En m'installant dans les gradins, tout m'a semblé trop net, d'une netteté presque douloureuse.

Les couleurs étaient trop vives, les sons trop clairs, l'air trop transparent, le ciel trop bleu, le soleil trop chaud. Et cette terrible impression de ne plus rien savoir. Une première trompette n'a pas droit à l'erreur. Elle peut bien un temps faire illusion au milieu du tintamarre ambiant, se planquer derrière les trombones, les clarinettes, les saxophones et les percussions mais survient toujours ce moment où on lui demande de la ramener haut et fort. Après la mise en bouche du paseo, je me suis accroché à mes partoches comme un noyé à sa planche de salut. Tout s'est bien passé jusqu'au troisième taureau de Javier Sanclemente, un Victorino Martin au doux nom d'Andaluz. Un vrai cadeau du Père Noël celui-là, armé, brave, fort et puissant tout comme il faut. Une bête à la hauteur du talent de l'Ange de Séville. Il flottait dans les airs au milieu des odeurs de cigares comme un parfum d'apothéose. Ça fleurait bon le final d'anthologie, un combat pareil. Alors à l'entame de la faena, quand ça s'est mis à gueuler « Mouziiiica ! » de part et d'autre des arènes et que le chef a mis en branle sa baguette pour lancer *Coralito*, je me suis cramponné de tout mon regard à la portée sans la lâcher d'une croche. Des yeux, des poumons et des doigts, tout mon corps réduit à cela. Déchiffrer la partition, souffler dans l'embouchure, actionner les pistons. Envolé le public, disparus Andaluz et Javier Sanclemente, évaporé le couvercle d'azur posé au-dessus de nos têtes, oublié cet étau qui enserrait mon crâne la seconde d'avant. Il n'y avait plus en cet instant que ce chapelet de noires, blanches, rondes, croches, doubles-croches qui cascadaient sur la partition posée sur le pupitre et qui m'ont emporté au fil de la mélodie tandis que plus bas, ne subsistait plus du chef que ce bras qui se balançait de bas en haut, de droite à gauche, comme une branche d'olivier s'agitant au gré du vent. C'est arrivé au plus mauvais moment, au beau milieu du duo muleta et trompette. À l'instant même où je décochais la note dans les airs, j'ai tout de suite compris que quelque chose clochait. Que ce son qui s'échappait de l'instrument n'était pas le bon. Que tout ça sonnait soudain affreusement faux. Il y a eu le cri, ce terrible cri que je n'oublierai jamais. Un long cri d'effroi sortant de milliers de bouches simultanément et couvrant la note discordante, comme pour mieux l'étouffer. J'ai arraché la trompette de mes lèvres. Au milieu de l'ovale, l'Ange de Séville n'en finissait plus de danser au bout de la corne d'Andaluz tandis que les peones de sa cuadrilla accouraient en agitant leur cape.

J'ai entrouvert la fenêtre de toit pour laisser rentrer un semblant de filet d'air, histoire de brasser la fournaise. Le portable niché dans la poche de ma chemise s'est rappelé à mon bon souvenir en vibrant frénétiquement. Ernesto. S'il y avait quelqu'un à qui je pouvais me confier, c'était bien Ernesto. Deuxième trompette, il m'a toujours considéré un peu comme son grand frère. Il était inquiet, Ernesto. « Tout le monde se demandait où t'étais passé, Gaétan. Pourquoi t'es parti comme un voleur ? » J'ai eu envie de lui rétorquer que j'étais plutôt parti comme un assassin. Je lui ai balancé le coup de la migraine carabinée pour justifier mon départ précipité, ce qui n'était finalement pas si éloigné de la vérité que ça. J'ai essayé de lui parler de la fausse note mais il ne m'a pas laissé en placer une, trop pressé qu'il était de me décrire les minutes qui avaient suivi le drame, comment El Ángel avait lâché son dernier souffle avant même d'atteindre l'infirmerie, comment des aficionados hystériques avaient déchiré leurs vêtements de désespoir. Pas un seul instant il n'a fait allusion à une éventuelle responsabilité de ma part dans tout ce qui venait d'arriver. Pas une seule fois il n'a évoqué la musique. Je ne l'avais pourtant pas rêvée, ma fausse note. Avant de raccrocher, Ernesto m'a dit que la course de l'après-midi était annulée. The show can't go on ! La mort d'une légende, c'était plus qu'assez pour remplir la journée. J'ai allumé la télé. Partout, les mêmes images, la même scène effrayante qui passait en boucle, celle d'un homme qui ne cessait de mourir, encore et encore, sous l'assaut cent fois répété d'un toro bravo. L'Ange dans sa faena, à l'instant de sa dernière passe. Cet infime tressaillement de tout son corps juste avant que le taureau ne frappe. Le poignet qui se relâche. La tête qui se détourne imperceptiblement de l'animal. Chacun y va de son analyse mais personne ne semble comprendre ce qui a bien pu se passer, même les chroniqueurs taurins les plus avertis se retrouvent dans l'impasse. Tout le monde cherche une explication plausible qui pourrait justifier un tel comportement incompréhensible. J'ai eu envie de leur dire de se servir de leurs oreilles et non pas uniquement de leurs yeux ! Qu'ils montent le son, nom d'un chien. Oh, pas beaucoup, juste histoire d'entendre cette drôle de note dissonante qui vient se ficher dans les tympans de Javier Sanclemente aussi sûrement que la corne droite d'Andaluz dans son cœur l'instant d'après. Parce que s'il y avait bien quelqu'un dans cette putain d'arène qui l'avait captée, ma satanée fausse note, c'était bien lui, l'Ange de Séville en personne. J'en suis persuadé. Tout le confirme dans son comportement. Ce raidissement du buste, le bras qui retombe légèrement, ce fil invisible le liant à l'animal qui se rompt brutalement, ce regard qui part à la recherche de l'orchestre, tache rouge parmi la foule. Mais par-dessus tout, il y a cette surprise que l'on peut lire sur son visage. Le ralenti est impitoyable. Un ébahissement terrible qui vient manger toute sa figure lorsque survient ce son qu'il n'attendait pas. Il le connaît par cœur, son *Coralito*, Javier Sanclemente. C'est son paso-doble fétiche. Il peut en fredonner l'air de bout en bout, en siffler le solo sans omettre la moindre note. Cette discordance soudaine l'a pétrifié sur place. Surpris alors qu'Andaluz entrait de toutes ses cornes dans la muleta, il a suspendu son geste, ouvrant ainsi la brèche fatale dans laquelle s'est engouffré le taureau chevauché par la reine des opportunistes, Miss Faucheuse. À l'écran, les témoignages se sont succédé. Tous mentionnent ce soubresaut soudain qui a secoué tout son corps. Certains avancent l'idée que le torero avait peut-être été piqué par une guêpe, une putain de guêpe qui se serait enfilée sous le chaleco avant de lui balancer un coup de dard au travers de la chemise au plus mauvais moment. D'autres envisagent un malaise dû à la chaleur. Quelques-uns vont même jusqu'à évoquer l'hypothèse du suicide. Étrangement, derrière chaque mot, sourd cette même rage, une rage qui veut qu'une légende ne puisse mourir sans une raison valable. Pendant près d'une heure, je suis resté scotché à l'écran de la télé, ne perdant pas une miette de ce qui se disait. Une heure pendant laquelle personne jamais n'a fait mention de *Coralito* ni d'une quelconque fausse note. Treize mille cinq cents spectateurs, près de vingt-sept mille oreilles si l'on décompte les quelques sourds et malentendants que peut contenir une telle foule et personne n'avait remarqué quoi que ce soit.

Je me suis glissé sous le pommeau de la douche après avoir jeté mon costume de scène dans le panier à linge sale. Jamais le rouge de la chemise ne m'avait semblé si proche de la couleur du sang. J'ai laissé l'eau ruisseler sur mon corps de longues minutes avant de me frictionner à grands coups de gant de toilette énergiques. Se laver de toute cette saleté. Retrouver un semblant de pureté tandis que le siphon aspirait à lui toutes les boues du jour. J'ai passé un jean, une chemise en lin, des baskets de toile avant de poser négligemment sur mes épaules un fin pull de coton. Une vraie tronche de catalogue printemps/été, la bedaine naissante en plus. J'ai attendu la fin du jour pour quitter mon repaire et m'immerger dans le chaudron de la feria. J'ai joué des coudes au premier bar venu pour commander un verre. Boire, diluer dans l'alcool cette boule de culpabilité qui m'étouffait. J'ai avancé ainsi de comptoir en comptoir, de bodega en bodega, en une longue errance, une noyade qui n'en finissait pas, avec cette seule idée en tête d'engloutir tout ce qui passait à portée de gosier. S'assommer l'esprit d'alcool et de bruit. S'abrutir du fracas des autres jusqu'à ne plus être qu'un fantôme. On m'a interpellé de droite et de gauche. Gaétan par-ci, Gaétan par-là. J'ai répondu aux saluts, j'ai trinqué, j'ai donné des accolades, avec cette impression désagréable de feindre, de simuler mon propre rôle. Et toujours ce même interrogatoire en règle qui revenait sans cesse au fil des rencontres : oh Gaétan, toi qui y étais, qu'est-ce que t'as vu ? Ce que j'ai vu, m'sieur l'agent ? Un *fa* dièse, voilà ce que j'ai vu ! Un putain de *fa* dièse posé sur la portée, un *fa* dièse que j'ai sarbacané de tout mon souffle en direction de la piste et juste après, il y avait Monsieur Sanclemente qui virevoltait au bout de la corne du Victorino Martin. Voilà tout ce que j'ai vu. Devant le bar du 421, il régnait une effervescence triste. Il y avait bien sûr l'agitation frénétique de la fête, avec son brouhaha, son flot d'alcool et sa musique mais il y avait comme de la retenue dans l'air. Je me suis agrippé au comptoir, ai commandé du vin. Rosé, blanc ou rouge ? m'a demandé le serveur. J'ai répondu n'importe. La nuit, tous les vins sont gris. L'écran de télé rencogné au fond du bar montrait un Javier

Sanclemente pantelant, déjà exsangue, porté à bout de bras par les peones au travers du callejón. Il y a eu un arrêt sur image. C'était beau comme une Descente de Croix de Fra Angelico. On pouvait lire la panique et le désarroi sur les visages. Au milieu du chatoiement indécent des couleurs, la figure livide de Javier Sanclemente basculée en arrière, bouche entrouverte, semblait boire toute la lumière du ciel. J'ai eu envie de chialer. J'ai passé le reste de la nuit à essayer d'effacer cette image de martyr imprimée sur ma rétine, gobelet après gobelet. En vain. Il est des nuits comme ça où l'ivresse semble se refuser à vous. À l'Imperator, je me suis laissé engloutir par le parterre gesticulant que formait la foule des danseurs. N'être plus qu'un corps inerte ballotté par la houle d'un DJ endiablé, un corps à peine plus vivant que celui d'El Ángel après sa cornada fatale. Je suis rentré chez moi sur le petit matin. Tandis que je remontais le boulevard Victor-Hugo, j'ai croisé d'autres zombies. Même démarche mécanique, même regard vitreux, même abrutissement. Au niveau de l'église Saint-Paul, une grande tente de la Croix-Rouge abritait une dizaine de silhouettes allongées sur des brancards et emmaillotées dans leur couverture de survie. J'aurais donné cher pour être l'un de ces types roulés en papillote dans sa feuille d'or, une chrysalide plongée dans les abîmes de l'inconscience dans l'attente d'une nouvelle naissance.

Fa dièse, c'est ça qui m'a réveillé. Ça a explosé dans mon cerveau comme une évidence. Il n'y a pas l'ombre du plus petit *fa* dièse dans le solo de trompette de *Coralito* ! Il y a bien un *fa*, oui, sous la forme d'une belle ronde mais de dièse, nada. J'ai laissé ma nausée de côté et me suis rué sur les partitions, histoire d'en avoir le cœur net. J'ai tourné les pages avec frénésie, plissant des yeux pour tenter de lire à travers ce satané voile flou que la presbytie s'échine à ériger devant moi depuis près d'un an. Quand cette saloperie vous tient, elle ne vous lâche plus. Une vraie sangsue qui une fois posée sur vos yeux vous aspire l'acuité quoi que vous fassiez. C'est le lot de tous les quadras, paraît-il. Oh, elle ne m'a pas encore eu. Surtout pas subir cette fatalité idiote sans broncher. Ne pas se laisser bouffer les dixièmes sans combattre. Un an de lutte, à jouer de subterfuges, à se placer près des meilleures sources de lumière, à allonger de plus en plus les bras pour faire des mises au point salutaires, à éviter dédaigneusement les annuaires et les notices de boîtes de médocs. Je ne suis pas dupe. Je sais bien qu'arrivera le moment où feindre deviendra impossible. Je finirai alors par rentrer dans le rang, la paire de demi-lunes posée en équilibre sur l'arête du nez, comme un signe distinctif de ma soumission face à la presbytie. La presbytie gagne toujours ! En attendant, je triche. Mes partoches, je les agrandis à coups de photocopieur. Cent trente pour cent de grossissement, format paysage. Ça m'oblige à tourner les pages un peu plus souvent que les autres mais ça repousse l'échéance des lorgnons. Mon regard a glissé le long de la portée jusqu'au passage fatidique du duo muleta et trompette. Le *fa* se trouvait bien là, œuf minuscule posé en équilibre sur sa ligne. Alors je l'ai vu. Un enchevêtrement sombre de pattes et d'ailes microscopiques qui faisait comme un joli petit gribouillis sur la blancheur du papier. Un moustique, une saloperie de moustique écrabouillé juste à la gauche du *fa*, dessinant une belle altération plus vraie que nature, modifiant du même coup la note d'un demi-ton. *Fa* dièse. Une putain de fausse note qui avait claqué dans les airs de ce dimanche de Pentecôte comme un coup de fusil assassin, frappant Javier Sanclemente pendant sa faena et l'abattant tel un ange en plein vol.

« Mosquito » a été lauréate
du prix Hemingway, 2012.

Shrapnel

Après avoir traversé un énième village au nom imprononçable, le camion bâché les avait déposés à la lisière d'un bois au lever du jour. Une croix de grès marquait l'entrée du chemin. Ils avaient progressé d'un pas soutenu avant de ralentir l'allure au fur et à mesure qu'ils s'enfonçaient dans l'océan de verdure. Les chants guerriers qui avaient rythmé leur marche sur les premiers kilomètres avaient fini par s'éteindre. Cela faisait maintenant près d'une heure que plus aucun mot n'avait été prononcé. Parler n'avait plus de sens. Seul résonnait dans le sous-bois le bruissement continu des brodequins fendant la mer de feuilles mortes. Ils progressaient avec la désagréable impression de tourner en rond, de parcourir encore et encore le même chemin bordé des mêmes pierres moussues, de traverser les mêmes ruisseaux, de serpenter entre les mêmes collines, prisonniers des grands bouleaux qui, de part et d'autre de la sente, condamnaient la vue. Au fil des heures, les yeux s'étaient accoutumés au défilement continu de tous ces fûts à l'écorce claire couverts de pelades sombres. Au-dessus des hommes, les hautes frondaisons dévoilaient au gré de leur balancement des fragments de bleu. Un sentiment d'éternité avait peu à peu gagné les esprits à force de fouler ce sous-bois infini. Le temps n'existait plus. Même la faim, la fatigue et la soif semblaient s'être dissoutes dans la touffeur ambiante, comme si la forêt, après avoir accueilli les soldats en son sein, les digérait au fil des kilomètres parcourus. Sourds aux nuées de moustiques qui vrombissaient à leurs oreilles, les fantassins cheminaient en file indienne, ignorant stoïquement la sangle du fusil qui blessait la chair de leur épaule, la crosse qui meurtrissait leur hanche et la baïonnette suspendue au ceinturon qui battait leur cuisse.

Josef fermait la marche. Les vestiges d'acné qui grêlaient ses joues témoignaient de son jeune âge. Une grande lassitude marquait son regard cerné d'ombres. Il pensait au village quitté six mois plus tôt. À la ferme enchâssée dans sa vallée du Bade-Wurtemberg, aux veaux de l'année qu'il n'avait pas vus naître, aux travaux de fenaisons qui s'étaient faits sans lui. Il pensait à Johanna, la fille des Verspiesser, et à cette valse promise pour la prochaine fête des moissons. Le peloton s'étirait devant lui sur une trentaine de mètres en une succession de têtes casquées brinquebalantes au-dessus des nuques luisantes. À maintes reprises, la forêt avait tenté de briser le fil invisible qui maintenait les vingt soldats en file indienne mais à chaque fois, dans un réflexe tout militaire, les fantassins s'étaient replacés dans le sillage de l'homme de tête. Le lieutenant Wurtz ouvrait la marche. Le premier obus lui emporta la moitié du visage. Les feuilles arrachées par le souffle de l'explosion n'avaient pas encore atteint le sol que déjà, de nouvelles déflagrations retentissaient aux quatre coins de la forêt. L'enfer se ruait sur eux en une pluie d'ogives qui éventra le sous-bois. Le sol vomit de grandes gerbes d'humus qui retombèrent en une grêle serrée sur les fantassins. Le ciel et la terre ne faisaient plus qu'un, broyant la parcelle de forêt entre leurs mâchoires, crachant dans les airs des débris de bois et de chair mêlés. Les éclats mortels frappaient aveuglément arbres et soldats. Fauchés à mi-hauteur, les géants verts s'abattaient en émettant des craquements sinistres avant de darder vers le ciel les vestiges de leur tronc laminé. Bientôt les cris des hommes se joignirent au fracas des armes. Ordres aboyés, appels à l'aide, hurlements de douleur. De grandes trouées de ciel bleu apparurent dans les feuillages. Le soleil s'y engouffra aussitôt pour éclairer la scène. Les hommes, ceux que les frappes avaient jusque-là épargnés, s'étaient jetés face contre terre. Certains creusaient l'humus à l'aide de la crosse de leur fusil, d'autres grattaient le sol à mains nues, tels des chiens fous, pour s'enfouir dans la terre protectrice. Quelques-uns, roulés en boule, tête cachée entre les bras, offraient leur échine aux fragments mortels qui fusaient de toutes parts. Tous se rassemblaient sur eux-mêmes, se recroquevillaient dans un réflexe instinctif. Tous sauf Josef, Josef resté debout au milieu du chaos, qui, dans un geste insensé, avait enlacé le grand bouleau qui lui faisait face, ventre contre écorce, dans une étreinte désespérée. Des cicatrices qui zébraient son tronc, l'arbre suintait une résine épaisse qui perlait à la surface de son écorce avant de s'écouler lentement. Il se vidait, tout comme Josef dont l'urine brûlante ruisselait le long des cuisses. À chaque nouvelle déflagration, le bouleau frissonnait contre la joue du jeune homme, palpitait entre ses bras. Le soldat ferma les yeux. Alors, au milieu de l'enfer, l'arbre et l'homme ne formèrent plus qu'un. Un organisme unique de bois et de chair dans les veines duquel coulaient sang et sève mêlés. L'esprit de Josef pénétra le cœur du bouleau et descendit se réfugier au milieu de l'enchevêtrement de racines, loin du fracas de la surface. Le vacarme assourdissant qui lui déchirait les tympans l'instant auparavant lui parvenait à présent sous la forme d'un grondement sourd. Une fraîcheur agréable faisait place à la moiteur étouffante qui régnait dans le sous-bois. La gangue de terre grasse qui enveloppait les racines dégageait des senteurs captivantes. Apaisé, Josef n'eut bientôt plus qu'une vague conscience de son corps, cocon vide accroché au tronc du bouleau. Son organisme tressaillit sous l'impact lorsque l'éclat d'obus lui traversa l'épaule de part en part avant de se ficher dans l'arbre. La douleur aspira son esprit vers la surface en un violent arrachement. Le bruit assourdissant assaillit à nouveau ses oreilles. La souffrance envahit son thorax en vagues brûlantes, dévorant l'oxygène de ses poumons. Josef desserra son étreinte et glissa au sol, maculant l'écorce blanche d'une large traînée rouge. La forêt alentour n'était plus qu'une vaste étendue de terre ravagée hérissée d'échardes fumantes. Seul l'arbre au pied duquel gisait le jeune soldat pointait vers le ciel sa cime intacte. Il flottait dans les airs des relents de carnage, odeur âcre de la poudre, odeur métallique et lourde du sang, effluves nauséabonds des ventres déchirés. Les cris des hommes faiblirent autour de lui, se firent murmures, puis râles. À la nuit, le silence régnait en maître. Haut dans le ciel, la lune déversait sa lumière laiteuse sur le grand bouleau. Josef bascula la tête en arrière. Avant de sombrer dans l'inconscience, il aperçut, fiché dans l'écorce de l'arbre, l'éclat de shrapnel. Poissé de sang et de sève, le fragment de métal luisait faiblement sous la clarté lunaire.

Le coup de klaxon déchira le silence et tira Josef de son cauchemar. « Gott im Himmel ! », jura-t-il tandis que le mastodonte chargé de grumes frôlait la voiture garée sur le bas-côté de la route. Le véhicule tangua sous le souffle du camion. Josef se cramponna au volant, jusqu'à ce que les battements de son cœur s'apaisent enfin. Il plongea la main sous la chemise à la recherche des lèvres entrouvertes de la blessure. Il exposa ses doigts à la lumière du plafonnier. Ils étaient secs et propres. Dénudant le haut de son corps, il examina son épaule droite dans le rétroviseur central. La rosace de peau lisse bordée de bourrelets de chair était le seul vestige laissé par le shrapnel soixante-deux ans auparavant. Soixante-deux années à errer dans la vie comme un mort-vivant. Seul rescapé de l'attaque, Josef avait croupi près de trois ans dans un camp de prisonniers, trois ans d'un hiver sans fin à vivre comme une bête en cultivant du lever au coucher du soleil une terre gelée sur laquelle ne poussaient que des cailloux, à attendre chaque nuit sur son châlit glacial que la mort veuille bien le prendre. La guerre l'avait finalement recraché parmi les siens, décharné et mutique. Il était rentré au pays amputé d'une partie de son esprit, comme d'autres étaient revenus sans bras ou sans jambes, avec la certitude que le morceau manquant de son âme était resté là-bas, au cœur de cette forêt, captif de l'entrelacs de racines. Les mots n'étaient jamais revenus dans sa gorge. Au village, on avait accueilli ce taiseux sombre comme un héros. Il avait repris la ferme familiale, avait épousé la fille des Verspiesser. Josef avait glissé au travers des ans comme un fantôme, se contentant de jouer sans conviction les rôles que l'on attendait de lui. Bon mari, bon protestant, bon fermier. Le rôle de père lui avait été épargné. Qu'il soit incapable de donner la vie ne l'avait guère surpris. Parfois, au cœur de la nuit, il quittait les bras de Johanna pour se glisser sans bruit hors des murs. Foulant l'herbe gorgée de rosée du pré qui jouxtait la ferme, il allait enlacer le tronc du vieux pommier du verger. Il pouvait ainsi rester accroché dans le froid de longues minutes, à espérer que le miracle survienne, conscient de ne reproduire là que le pastiche grossier de l'instant qui avait fait basculer sa vie à l'âge de dix-huit ans. Ce printemps, il avait porté sa femme en terre, victime du cancer qui la rongeait depuis des mois. Josef s'était glissé dans son rôle de veuf comme on endosse un nouveau costume. La semaine passée, il avait acheté une carte de Pologne chez le libraire du coin. Son index avait parcouru le pays d'ouest en est avant de remonter vers le nord. Avec émotion, il avait lu le nom du village aperçu soixante-deux ans plus tôt cerclé de rouge sur une carte d'état-major. Krajnowice. La forêt était là, sous son index. Hier matin, après avoir rempli son sac à dos de quelques vêtements et provisions, lui qui, depuis son retour de la guerre, n'était jamais allé plus loin que Munich, avait pris la route à bord de sa vieille voiture pour un périple fou de près de mille quatre cents kilomètres. Les noms des grandes villes avaient défilé sous ses yeux. Stuttgart, Nuremberg, Leipzig. Il avait fait une première halte sur une aire de repos au sud de Berlin, le temps de dormir un peu. Après un repas léger, il avait repris la route. Au lever du jour, il avait franchi l'Oder avant de pénétrer en territoire polonais. De nouvelles villes avaient défilé. Poznań, Gniezno, jusqu'à Watkowiska. Là, il avait bifurqué sur sa gauche, empruntant des routes de plus en plus étroites et chaotiques. À la nuit tombée, le panneau était apparu dans le faisceau des phares. Krajnowice. Josef avait traversé le hameau au ralenti, jusqu'à la sortie du village. Ses yeux brûlés par la fatigue avaient peiné à reconnaître la croix de grès mangée par les buissons de noisetiers. Tombant de sommeil, le vieil homme avait jugé plus sage de prendre du repos et d'attendre le lendemain pour s'enfoncer dans la forêt.

Il quitta le véhicule et étira ses membres ankylosés, avala quelques biscuits et but de grandes rasades de lait. Il laça ses chaussures de marche, fourra dans son sac à dos vivres et gourde avant de verrouiller la voiture. Le temps était à l'orage et il régnait déjà une chaleur accablante malgré l'heure matinale. Le sentier s'enfonçait entre les taillis qui bordaient la route. L'octogénaire s'y engouffra en souriant, refusant d'écouter la voix de la raison qui l'implorait de rebrousser chemin, lui serinant qu'il fallait être fou pour espérer retrouver un malheureux arbre parmi des centaines de milliers d'autres. Au fil des kilomètres, sa marche se fit de plus en plus alerte. Les bouleaux étaient là, tout comme les moustiques. Le front ruisselant de sueur, Josef remontait le temps, sourd aux signaux de douleur que lui envoyait son corps usé. Le sentier disparaissait par endroits pour mieux réapparaître un peu plus loin, au détour d'un ruisseau ou d'un éboulis. Le vieil homme eut bientôt la certitude que la forêt se refermait dans son dos pour effacer la sente, interdisant tout retour. Cette idée ne l'effraya pas, bien au contraire. Sa place était depuis toujours ici, dans cette forêt. Un premier éclair vint zébrer le ciel au-dessus de sa tête, chassant pour un temps la pénombre qui baignait le sous-bois. Alors, à travers le voile que la cataracte avait déposé sur sa rétine, il les vit. Dix-neuf silhouettes éthérées qui progressaient en silence devant lui sur le lit de feuilles mortes. Tout là-bas, le lieutenant Wurtz se retourna. Ses joues déchiquetées dessinaient sur son visage un sourire macabre. Ce qui restait d'Horst Böhm précédait le vieil homme. Son buste en veste kaki flottait un bon mètre au-dessus du sol. Les pans de sa chemise ensanglantée et grêlée d'éclats claquaient telles des bannières dans le grand vent. Ils étaient revenus des profondeurs de la forêt pour guider ses pas. Des relents de putréfaction planaient dans le sillage des spectres. Le lieutenant Wurtz accéléra le pas. Josef se sentait aussi léger que les silhouettes vaporeuses qui dansaient devant lui. Bientôt, le relief du sol se transforma en un moutonnement de creux et de bosses de plus en plus serré. Le cœur de l'octogénaire s'emballa. Soixante-deux ans n'avaient pas suffi à la forêt pour gommer totalement les ravages du bombardement. Çà et là, subsistaient des vestiges de troncs rongés par la vermine. Le lieutenant Wurtz ralentit le pas avant de stopper la colonne. Les soldats s'écartèrent sur le passage de Josef. Le grand bouleau blanc n'était plus qu'un arbre squelettique. Tout là-haut, l'extrémité dénudée de ses branches mortes griffait le ciel. Au deuxième coup de tonnerre, l'averse s'abattit sur la forêt. Vacillant sur ses jambes, l'octogénaire s'approcha du fût luisant de pluie. Enchâssé dans l'écorce, l'éclat d'obus n'était plus qu'une fine dentelle de métal sculptée par la rouille. Le vieil homme caressa du bout des doigts cette relique d'un autre âge. Alors, d'un geste empli de tendresse, il enserra le tronc de ses bras maigres. L'orage redoubla de violence. Les éclairs embrasèrent les nuages qui vomirent des trombes d'eau. L'air vibrait sous les coups de tonnerre. Au travers de ses paupières closes, Josef perçut un dernier éclat aveuglant avant que le bouleau n'aspire à lui son esprit. Le vieil homme souriait. La foudre frappa la cime de l'arbre. La boule de feu dévora branches et tronc avant de pénétrer Josef par le haut de l'épaule, à l'endroit de la cicatrice. Durant une seconde, l'éclat de shrapnel brilla intensément avant de fondre et de disparaître. Soudés l'un à l'autre, le vieil homme et le grand bouleau blanc ne faisaient plus qu'un, pour toujours.

« Shrapnel » a reçu le 1er prix
de la Société littéraire de la Poste
et de France Télécom, 2004.

Menu à la carte

Le bruit était revenu cette nuit. Se boucher les oreilles ne servait à rien, il le savait. Le bruit était en lui. Le sifflement d'une ceinture qui fend l'air et vient claquer la peau, sa peau. Cuir contre chair. Comme à chaque fois, les yeux étaient sortis des ténèbres, se balançant au bout de leur tentacule comme de gros tournesols sous une brise d'été. Des yeux qui pleuraient, sur lui, sur les filles, sur les lapins, les escargots, qui pleuraient sur la terre entière. Comme il le faisait depuis qu'il était enfant, Yvan avait dandiné sa tête sur l'oreiller de droite à gauche, de plus en plus vite afin de s'étourdir et de renvoyer le bruit et les yeux dans les profondeurs d'où ils étaient venus. Il n'avait trouvé le sommeil que sur le petit matin.

Lorsque le directeur était venu le trouver la veille au soir pour connaître ses désirs, Yvan n'avait pas eu besoin de réfléchir bien longtemps. Le mot était sorti de sa bouche avant même qu'il en mesure toute la portée. Manger, avait-il lâché dans un souffle. Les deux syllabes avaient frappé le directeur en plein visage. Un directeur qui n'avait pu s'empêcher de frissonner de dégoût à la vue des magnifiques dents blanches qui étincelaient entre ses lèvres entrouvertes. Manger, il s'était attendu à tout, sauf à ça. Des gaillards dans le genre d'Yvan, il en avait vu défiler des dizaines et en règle générale, ces salopards ne faisaient que gémir le moment venu et l'accueillaient le plus souvent prostrés, incapables de tenir debout sur leurs jambes flageolantes. Yvan, lui, l'avait reçu main tendue et tout sourire, avec, luisant au milieu de ses prunelles, cette lueur qui donnait souvent la chair de poule à ses interlocuteurs. Man-ger, avait-il répété, comme pour mieux faire pénétrer le mot dans l'esprit du dirlo. Pris de court, l'autre avait accepté. Pendant quelques instants, les rôles s'étaient trouvés inversés. D'une voix posée, Yvan avait dicté ses directives, s'assurant à chaque fois que l'homme avait bien pris en compte tous ses désirs.

Une heure à tuer. C'est tout ce qu'il lui restait à présent. Trois mille six cents malheureuses secondes de mastication consciencieuse. Il gloussa. L'ampoule nue suspendue au plafond diffusait une lumière crue qui tombait droit sur les visages et les teintait d'une pâleur maladive. Ils étaient cinq, alignés face à lui le long du mur, immobiles et silencieux. Cinq corbeaux en costard sombre, cinq paires d'yeux cernés de fatigue qui allaient en tous sens sans jamais vraiment se poser. Leur regard glissait sur le sol, rampait sur les murs, parcourait le plafond, le fuyait désespérément. Les mains s'échappaient des poches pour venir rectifier un pli imaginaire, s'envolaient pour lisser une mèche rebelle, étouffaient un semblant de bâillement. Cinq clones à la peau grise qui tentaient pitoyablement de se forger une tête d'assassin sans jamais y parvenir. Yvan jubilait. Il s'offrait un dîner de roi devant une cour au bord de la nausée. La table carrée trônait au centre de la pièce, couverte d'une nappe blanche qui buvait toute la lumière. Des mains malhabiles y avaient dressé les couverts à la hâte. Yvan s'assit et entreprit d'agencer l'ensemble avec méthode. À la manière d'un joueur d'échecs, avec des gestes tout en précision, il modela une nouvelle disposition géométrique. Il recentra les verres, briqua couteau et fourchette à l'aide de sa serviette jusqu'à obtenir un brillant parfait avant de les aligner de part et d'autre de l'assiette, déplaça la salière de quelques centimètres et déposa la carafe de vin blanc plein centre sous la lumière. Aussitôt, le verre translucide répandit des reflets pailletés d'or sur le tissu immaculé. Satisfait, il releva la tête et contempla les cinq malheureux qui semblaient au supplice. La porte s'ouvrit timidement sur un sixième type, un vieux bonhomme au teint blafard. Le plateau qu'il tenait en équilibre sur ses avant-bras était recouvert d'un dôme argenté. Il s'approcha du centre de la pièce en jetant des coups d'œil effrayés à Yvan et déposa son fardeau. D'un geste qui se voulait cérémonieux, il souleva le lourd couvercle de métal. Un nuage odorant s'éleva dans les airs. À la vue des coquilles grasses et chaudes qui crépitaient dans leur jus, les six hommes grimacèrent furtivement. Yvan saisit la carafe et se versa un plein verre de vin. Le tintement du cristal rebondit sur les parois avant de disparaître, noyé dans l'épaisseur des murs. La première gorgée de chardonnay roula plusieurs fois dans sa bouche, inondant son palais, puis glissa dans son gosier en déposant au passage une empreinte fruitée dans le cœur des papilles. Déjà, les effluves persillés du beurre fondu recouvraient l'odeur de salpêtre qui imprégnait les lieux. Saisissant délicatement entre ses doigts la minuscule fourche à deux branches, Yvan extirpa la chair noire de l'animal, la déposa sur sa langue et se mit à mastiquer lentement. Les os de ses mâchoires s'activèrent, ondulant sous la peau. Le muscle caoutchouteux de la bête libéra toute sa saveur sous les molaires de l'homme. Puis, Yvan aspira bruyamment le jus à même la coquille, léchant de la langue l'intérieur des parois. Entre deux bouchées, le vin coulait dans sa gorge, plus fruité que jamais. Yeux mi-clos, buste courbé, tout son être n'était plus à présent qu'une machine à manger. Sous la table, ses pieds se dandinaient de satisfaction.

Il se revit enfant partir à la chasse aux escargots. Un petit bout d'homme noyé dans son ciré jaune, chaussé de bottes trop grandes pour lui et qui lui sciaient le haut des mollets. Il furète dans les profondeurs d'un champ d'orties, fouette les longues tiges vertes à l'aide d'une baguette de noisetier, soulève les touffes d'herbes gorgées d'eau, débusque un à un les gastéropodes pour les déposer avec précaution dans le sac de toile. Le temps glisse au rythme de la musique que fait la pluie en crépitant sur la capuche. Les doigts englués de terre grasse s'engourdissent peu à peu sous le froid humide qui monte de la mer de verdure. Le soir venu, il rentre à la maison, avec, calées contre sa hanche, les coquilles qui s'entrechoquent et scintillent comme autant de pierres précieuses arrachées à la terre. Pendant les jours qui avaient suivi cette chasse miraculeuse, il avait passé des heures à admirer les mollusques. Soixante-douze escargots magnifiques qu'il avait nourris et cajolés de tout son amour de gosse. Il y avait Prince Noir, le plus beau, le plus fort, avec ses interminables tentacules oculaires, une peau luisante et une coquille sombre comme un morceau d'ébène. Et puis un soir, en rentrant de l'école, il n'avait retrouvé qu'un enclos désert. Seules quelques feuilles de laitue défraîchies jonchaient encore le sol. Empli de tristesse, l'enfant s'était assis sur la poubelle métallique adossée au grillage, sans soupçonner un seul instant que sous le couvercle de tôle, les limaçons se tordaient de souffrance, agonisant en silence sur un lit de sel blanc. Il n'avait retrouvé ses amis que trois jours plus tard, immobiles au fond de son assiette. Devant ses cris et son refus de manger, son père avait fait glisser le ceinturon des passants du pantalon. L'épaisse lanière de cuir avait claqué sur sa chair, dessinant des sillons violacés jusqu'à ce qu'enfin il se mette à hurler, à supplier pour que ça cesse. C'était promis, il mangerait tout ce qu'il voudrait mais qu'il arrête, par pitié, qu'il arrête ça tout de suite, ça fait trop mal. Hoquetant de chagrin, il avait avalé les premières bêtes sans même mastiquer. Et puis, alors qu'il reposait la septième coquille, il avait reconnu les entrelacs sombres qui ornaient la carapace de Prince Noir. Prince Noir qu'il venait de gober tout rond, comme on gobe un cachet amer. Il s'était précipité dans les toilettes pour vomir son repas en longs jets acides. Les escargots avaient commencé à hanter ses nuits à ce moment-là. Il se réveillait en sueur, des mèches de cheveux collées au front, hurlant pour qu'ils le laissent en paix, jusqu'à ce que sa main trouve la poire en bakélite qui pendait à la tête du lit et que la lumière le délivre enfin, faisant refluer l'armée de gastéropodes fantômes.

La dernière coquille roula sur la nappe, bascula dans le vide et se brisa au sol en produisant un bruit cristallin. Yvan perçut le bruissement des étoffes, le craquement du cuir des chaussures et les respirations lourdes. Sa bouche dessina un sourire narquois. Il saisit la serviette posée sur ses genoux et essuya un menton luisant de graisse. N'attendant que ce signal, le serveur s'empressa de ramasser les reliefs qui jonchaient la table et s'engouffra dans le couloir. S'ensuivit une cascade de bruits métalliques, de casseroles qui s'entrechoquent, de raclements de fourchette, fer contre fer, comme si l'homme croisait l'épée avec un ennemi invisible. Il réapparut bientôt, armé d'une cocotte en fonte.

Yvan souleva le lourd couvercle et se pencha au-dessus de cette gueule noire d'où s'échappait en volutes ondoyantes un fumet épicé. Il plongea la louche dans la gamelle et ramena à la lumière un morceau de viande dégoulinant de jus qu'il déposa au creux de l'assiette. Du lapin sauce moutarde. Il dépiauta délicatement la cuisse musculeuse, séparant les chairs des os, sans cesser d'humer les effluves piquants de la moutarde. À la première bouchée, il ferma les yeux et de nouveau, les images envahirent son esprit.

L'enfant avait sept ans et c'était son premier lapin. Une minuscule boule de poils âgée de deux mois à peine que son père avait gagnée à la foire agricole du canton. Ses deux yeux rouges brillaient comme des boutons de bottine au milieu de la fourrure neigeuse. Timide et sauvage, il restait terré dans le fond de sa cage, la poitrine palpitante, sursautant au moindre bruit. À force de patience, d'interminables séances de caresses et d'innombrables carottes, le garçonnet avait fait de l'animal son compagnon de jeu. Au fil des semaines, le statut de la bestiole était passé de celui de peluche vivante à celui de confident. Il lui racontait ses joies, ses peines, déversait ses rêves d'enfant dans les grandes oreilles rosâtres. Et puis un soir, alors qu'il venait de déposer dans la cage une pleine poignée d'épluchures, son père était arrivé. C'est l'heure, mon grand, avait-il annoncé d'une voix guillerette en ébouriffant sa tignasse. Il avait arraché l'animal à la chaleur du clapier. Le garçon avait regardé incrédule le poing s'élever haut dans le ciel pour venir s'abattre comme une massue sur la nuque du rongeur. Paralysé et muet de stupeur, le regard rivé sur l'animal pantelant suspendu à la porte de la grange, l'enfant n'avait pas senti le manche du couteau que son père glissait dans sa paume. L'homme avait guidé sa main jusqu'à la gorge du lapin. La lame effilée avait pénétré facilement le duvet blanc et un geyser chaud avait jailli de la plaie, éclaboussant son poignet de gouttelettes vermillon. Son père, manches retroussées jusqu'aux coudes, avait taillé la fourrure en quelques gestes précis. Puis, de ses puissantes mains, il avait doucement tiré sur le pelage qui s'était mis à glisser comme une vulgaire chaussette. Était alors apparu dans toute sa nudité le corps fin et musclé du lapin, encore tout fumant de sa vie achevée. Les yeux embués de larmes, l'enfant avait palpé la chair tiède, caressant du bout de ses doigts la peau fine et lisse sur laquelle courait tout un réseau de veinules violacées. La tête pendouillait, laide et décharnée, avec les deux yeux globuleux qui fixaient le néant sans même un soupçon de reproche. Enfin, la lame du couteau avait ouvert la porte du mystère. D'une longue incision, son père avait évidé l'abdomen de la bête qui avait vomi ses entrailles fumantes. Le chapelet de viscères s'était échappé, comme impatient de quitter cette poitrine où il était confiné. La dernière image gravée dans son esprit n'était pas celle de ce petit corps emmailloté dans le torchon de cuisine, ni cet amas de tripes ensanglantées gisant dans la cagette aux pieds de son père. Non, dans ses souvenirs, restait l'insignifiant tas d'épluchures posé sur la paille de la cage déserte, des épluchures qu'aucune bouche ne viendrait jamais grignoter. Le lendemain, lorsque sa mère avait déposé sur la table le civet fumant, il s'était juré de ne pas y toucher. Une dizaine de coups de ceinturon avaient suffi à lui faire accepter d'avaler un morceau de son meilleur ami. Les lapins avaient défilé ainsi au rythme d'un tous les six mois. Toujours blancs, avec ces mêmes yeux rouges qui revenaient du royaume des morts. Et pour l'enfant, l'horrible impression de revivre encore et encore un même cauchemar, une spirale de temps qui s'enroulait autour de l'animal jusqu'à l'instant à la fois effrayant et magique où le couteau perçait la fourrure frémissante. Peu à peu, l'enfant ne vécut plus que ce moment intense où le sang inondait son poignet. Avant même la fin de sa huitième année, le garçon faisait la fierté de son père en dépeçant le lapin de ses propres mains.

Un monticule d'os garnissait l'assiette de porcelaine. Yvan avait gardé le foie pour la fin. La cerise sur le gâteau. Il découpa l'organe tendre en façonnant de petits cubes brunâtres qu'il ingéra un à un. Les toussotements nerveux se firent plus bruyants. Les cinq hommes dansaient d'un pied sur l'autre. Il semblait que les senteurs de frichti qui flottaient dans la pièce les mettaient au supplice. La lenteur d'Yvan ne faisait qu'accroître leur impatience et celui-ci prenait un malin plaisir à mâchouiller la nourriture au rythme d'un vieillard édenté. Enfin, il abandonna son assiette au serveur et but une énième gorgée de vin ponctuée d'un claquement de langue contre son palais. Le serveur déposa devant lui une part de tarte aux pommes encore tiède et gorgée de cannelle. Il mordit à pleines dents dans la pointe juteuse constellée de poudre brune. Dans sa bouche, l'odeur de pomme se mêla aussitôt à l'épice. La pâte feuilletée croustilla, pilée sous les molaires. La cannelle envahit ses sinus et diffusa son parfum au cœur de son cerveau. Toutes les facettes de la vie étaient concentrées dans cet arôme à la fois lourd et volatil, entre douceur et amertume.

Yvan acheva d'avaler le trottoir, s'essuya longuement les mains et releva la tête pour regarder les cinq hommes qui lui faisaient face. Ceux-ci, pressentant la fin, s'agitèrent. Déjà, une tasse de café fumant attendait Yvan. Il alluma une cigarette. Café et tabac, enfer et paradis, prisonniers d'une même bouche. Une dernière fois, le serveur débarrassa la table et apporta l'alcool qu'Yvan avait commandé. Un verre de liqueur de sapin, à peine plus gros qu'un dé à coudre. Une oasis de verdure perdue sur l'immensité de la nappe blanche. Lentement, il déposa le verre sur le bord de sa lèvre inférieure puis, d'un geste sec du poignet, fit basculer le liquide couleur d'émeraude vers le fond de son gosier. Le sang de la forêt pénétra ses poumons avec la force d'un cyclone.

La sonnerie de six heures retentit quelque part dans le bâtiment. Yvan se leva et sortit dans le couloir, escorté des cinq hommes. Le cortège s'ébroua lentement. Les semelles crissaient désagréablement sur le vieux linoléum qui tapissait le sol. Yvan marchait avec sur le visage le sourire béat d'un nourrisson repu. Ses oreilles ne captèrent pas le claquement sec du verrou que l'on refermait dans son dos. Yvan n'était plus là. La vie était en lui, concentrée dans son estomac plein. Il était sous les hautes herbes gorgées de rosée, roulé dans sa coquille, humant les senteurs lourdes qui montaient de la terre. Il était dans la chaleur d'un clapier, lové dans le foin, fourrure contre fourrure avec ses frères albinos. Il était une pomme suspendue à sa branche, se gorgeant de soleil en se balançant dans la douce brise d'un été ensoleillé. Il était la forêt, immense et majestueuse. Il était tout cela à la fois. Comme il avait été Isabelle, Valérie, Sarah et tant d'autres. Toutes ces femmes qui s'étaient laissé aimer de lui. Lorsque l'acier s'enfonçait dans leur cou, elles arboraient toujours cette même expression de surprise, avant que leurs yeux ne s'agrandissent de frayeur et ne lui lancent de vibrants appels de détresse. Il les serrait contre lui, les berçait longuement, leur chuchotait que tout allait bien, qu'elles seraient bientôt en lui, plus vivantes que jamais. Qu'il ne pouvait en être autrement s'il voulait les retrouver un jour. Lorsque la vie avait fini de s'écouler de leur gorge, il sortait le ceinturon et ôtait ses vêtements. Alors il fouettait son dos, encore et encore, de plus en plus fort, jusqu'à ce que les morsures du cuir sur sa peau le libèrent du mal. Et tandis qu'il dévorait leur foie et que les larmes inondaient ses joues, il pensait à son père mort depuis plusieurs années, son père qui aurait été si fier de lui.

Yvan frissonna sous le froid humide qui pénétrait sa chemise. Au milieu de la cour, à travers l'aube naissante, la grande silhouette étirait ses bras rectilignes vers le ciel, avec, suspendue en son centre, la lame qui attendait son cou.

« Menu à la carte » a reçu le 1er prix
de la ville de Dieppe, 2000,
sous le titre « Souper royal ».

Le jardin des étoiles

Debout dans la pénombre qui baigne la chambre, l'enfant scrute la nuit, le front posé contre le carreau de la fenêtre. La chaleur de son haleine embue la vitre d'un rond opaque qui palpite au rythme de sa respiration. Alignées en rang d'oignons sur l'étagère au-dessus du lit, les peluches fixent son dos de leurs yeux vitrifiés. Parmi le fatras de livres et de crayons de couleur qui encombre le bureau, gisent les vestiges d'une page de journal. Une photo manque. La photo, la preuve. Plus tôt, les petites mains ont prélevé l'image grise à coups de ciseaux nerveux. Soigneusement pliée en quatre, la coupure se trouve à présent glissée dans la poche de poitrine du pyjama, tout contre son torse.

Cela fait maintenant deux semaines que son père est parti. Comme tous les jours, il a enfourché son grand vélo bleu pour se rendre au travail. Un dernier sourire, un ultime clin d'œil d'un père à son fils. La bicyclette se trouve à présent derrière la maison, remisée contre le tas de bois. Quelqu'un l'a entreposée là, au milieu des orties, et personne n'a depuis pensé à la retirer. L'enfant ne manque jamais une occasion de venir examiner le biclou. Il peut rester de longues minutes à caresser du regard, incrédule, la chose disloquée, son guidon brisé, le cadre plié en son centre, les roues voilées, les câbles de frein arrachés qui pendouillent dans le vide telles deux antennes inertes. Parfois il avance une main timide, effleure du bout des doigts le métal froid, comme pour se convaincre que ce squelette broyé sous les pieds d'un géant est tout ce qui reste du vélo bleu. Les jours qui ont suivi le départ de son père, une nuée de personnages sombres s'est abattue sur la maison, tournoyant autour de sa mère dans un bourdonnement continu fait de murmures, de reniflements et de gémissements mêlés. La chaleur caniculaire de ce mois de juillet 1969 a peu à peu reflué d'entre les murs, emportant avec elle les images d'un été qui s'était étiré jusque-là en une cascade de petits bonheurs. Menton dégoulinant de jus de fraise, baignades dans les eaux sombres du lac, cueillette de myrtilles, parties de balle au camp avec les copains au milieu des cris et des rires. Des journées d'insouciance heureuse avec, dans l'esprit de l'enfant, cette certitude que septembre et ses odeurs de craies, de gommes et d'habits neufs n'existent pas, pas plus que la pluie, le froid ou les petits pois-carottes. Ce monde-ci est tout autre. La fournaise qui grésille au-dehors y est malvenue. Le noir et le blanc y règnent en maître, tout comme le silence, que déchirent de temps à autre le sanglot échappé d'une gorge ou un gémissement étouffé dans le gras d'une paume. L'enfant erre d'une pièce à une autre, déambule au milieu de la forêt de jambes qui encombre les lieux, sans comprendre. À sa vue, les conversations s'arrêtent, les regards se font fuyants, quand ils ne se posent pas sur lui chargés de gêne et de gravité. Parfois, des bras le saisissent pour le soulever du sol. On l'a serré à l'asphyxier, l'a couvert de baisers humides, lui a caressé le visage avant de le reposer à terre après une dernière bise sur le front. C'est ainsi, entre deux embrassades, que le secret lui a été révélé. Un chuchotement qui est venu se lover dans le creux de son oreille avant de se vriller profondément dans son esprit. « Ton papa est monté au ciel. »

Dans l'église immense et fraîche, tandis que les tuyaux de l'orgue vomissaient leur déluge de notes sur l'assemblée immobile, l'enfant a admiré les vitraux multicolores sertis dans la grisaille des murs et qui buvaient les rayons du soleil de toute l'épaisseur de leur verre. Les draperies rouge et or, l'argenterie précieuse des ciboires, les candélabres finement ciselés renvoyaient dans les airs une myriade de reflets chatoyants. L'encensoir a clinqué joyeusement au bout de sa chaîne comme le curé noyait le cercueil sous un brouillard d'encens. Après que le dernier amen s'en est allé mourir sous l'arrondi de la nef, la foule s'est ébranlée en une longue file afin de rendre un ultime hommage au défunt. L'enfant a regardé sans comprendre le mille-pattes serpenter sur le dallage de grès rose dans un raclement ininterrompu de chaussures cirées de frais. L'odeur âcre de l'encens l'a agréablement étourdi. Des fragrances d'eaux de toilette s'y mêlaient, lourdes et sucrées. Il s'est extasié devant le vol des gouttelettes qui ont jailli du goupillon pour venir s'écraser sur le bois vernissé du cercueil dans un bruit mat. Les pieds emprisonnés dans ses souliers vernis, il a trottiné aux côtés de sa mère en direction de la sortie. Le porche de l'église les a recrachés dans la fournaise où ils ont rejoint la multitude. Au cimetière, l'enfant a regardé la caisse disparaître dans le rectangle sombre découpé dans le sol. Et alors qu'alentour, des bouquets sans âge n'en finissaient pas d'agoniser dans l'air surchauffé, les premières pelletées de terre ont claqué sur le cercueil comme autant de portes que l'on ferme.

C'est à l'heure des repas, dans le silence qu'emprisonnaient les murs de la maison, que l'enfant a peu à peu pris conscience de l'absence de son père. La toile cirée ne reçoit plus que deux couverts. La lame de l'opinel reste repliée sur son manche de bois. La cafetière ne chante plus. Le litre de vin moisit dans les profondeurs du buffet. Et puis il y a cette chaise vide, cette chaise dont l'assise ne gémit plus sous le poids de l'homme et qui fait comme une béance intolérable par laquelle s'enfuit inexorablement la vie d'avant. Envolées ces mains calleuses qui lui couraient dans le cou, le tordant de rire sous les frissons de plaisir. Disparus les genoux sur lesquels il aimait jucher son corps menu. Évaporées ces senteurs de scierie et de relents de travail qui émanaient du bleu de chauffe, effluves de sueur salée mélangés à l'odeur enivrante des copeaux de sapin. Volatilisées les quinze minutes de profonds ronflements qui les berçaient lui et sa mère quand avait sonné l'heure de la sieste. Par-dessus tout, l'enfant se languit de ces promenades où il s'enfonçait à la suite de son père dans les profondeurs de la forêt, les oreilles grandes ouvertes sur la voix rocailleuse qui égrenait au fil des arbres rencontrés les noms enchanteurs des essences de bois : hêtres, bouleaux, frênes, épicéas, chênes, sorbiers. Comment, lors de ces sorties, l'enfant s'amusait à poser les pieds dans les traces de pas de son géant de père chaussé de godillots, deux larges brodequins de cuir qui ne le quittaient jamais, sauf le dimanche, et dont les épaisses semelles de caoutchouc dessinaient sur la terre meuble des chemins des empreintes tout en creux et bosses que l'enfant se faisait une joie de fouler.

Lorsque ce matin, ses yeux sont tombés sur le journal, son cœur a bondi dans sa poitrine. Il a attrapé le quotidien, ce quotidien qui ne sert plus qu'à allumer le feu depuis que son père n'en tourne plus les pages, et a contemplé sans y croire la photo qui faisait la une. Il s'est rué vers le placard à chaussures situé dans le hall d'entrée. Fébrilement, l'enfant a fait glisser la porte coulissante. Les odeurs de cuir et de cirage ont assailli ses narines. Sur le rayonnage réservé à son père, entre les bottes en caoutchouc encore toutes crottées de terre noire et les vieilles pantoufles aux talons effilochés par le temps, il y avait cet espace vide où auraient dû se trouver les godillots marron.

Pour la énième fois depuis qu'il a quitté la tiédeur de son lit, le garçonnet exhume de sa poche la coupure de journal. De la pièce voisine, lui parvient la respiration profonde de sa mère recroquevillée sur son chagrin et plongée dans un sommeil sans rêves gagné à coups de somnifères. Avec mille précautions, il déplie la pelure de papier. L'image montre l'empreinte d'un pas imprimé sur un sol poussiéreux. Le dessin de la semelle y est aussi net que dans ses souvenirs. C'est celle des godillots, avec ces stries si particulières qui courent du talon à la pointe de la chaussure. Au-dessus du cliché, la légende danse devant ses yeux. Six mots qui contiennent toutes ses certitudes. ON A MARCHÉ SUR LA LUNE ! Son père est vivant. Il voyage tout là-haut dans le ciel. Chaussé de ses brodequins, il va de planète en planète, d'astre en astre. À peine posé, déjà reparti, bondissant vers une nouvelle Lune, un nouveau Soleil. Un jour, bientôt, il repassera ici, ébouriffera ses cheveux et l'emmènera visiter le jardin des étoiles.

Il est minuit. L'enfant attend. Du haut de ses six ans, à travers le carreau, il sourit à la Lune.

« Le jardin des étoiles » a été lauréate du prix Henri Thomas de Saint-Dié-des-Vosges, 1997.

Le vieux

Fidèle à son habitude, le vieux s'engouffra sous la grande verrière du marché couvert sitôt les grilles levées et répondit d'un grognement au salut du portier. Tous les jeudis, qu'il pleuve, vente ou neige, le vieux était le premier à franchir les portes des halles, vêtu été comme hiver du même pardessus élimé et la tête coiffée de son éternelle casquette de feutre vert olive. La gibecière de cuir qui ne le quittait jamais pendouillait mollement contre son flanc tandis qu'il remontait l'allée centrale en direction de la petite brasserie rencognée au fond du marché. Le vieux avançait en zigzaguant, passant d'un étal à un autre, à l'affût des ardoises anthracite posées çà et là sur les cageots de victuailles. La vue des écrits fraîchement tracés à coups de bâtonnet crayeux l'emplissait toujours de la même joie sauvage. *Filet mignon 11,40 / kg, Carotte 1,42 / kg, Laitue 1,35 / pièce, Reblochon fermier*

6,80 / pièce, Tourteau 8,20 / kg, Thon rouge 23,70 / kg.
Là, les arabesques tortueuses dessinées par les doigts boudinés du garçon boucher trahissaient à la fois frustration et ambition démesurée. Un loser, jugea le vieux. Plus loin, les signes géométriques inscrits par les serres persillées du marchand de légumes dévoilaient un esprit étroit et cartésien. Un de ces connards de procédurier, le vieux en aurait mis sa casquette au feu. Plus loin encore, l'écriture de la fromagère s'étirait en spirales lascives, mêlant pleins et déliés dans la promiscuité intime du noir des ardoises. Une écriture généreuse pour une sensualité à fleur de peau. Une fieffée salope, pas de doute. Les lettres du poissonnier quant à elles, tout en pattes de mouche, exprimaient une violence à peine contenue. Un assassin qui s'ignorait et qui devait éventrer ses poissons avec sadisme. Les commerçants avaient appris au fil des ans qu'il ne servait à rien de tenter d'interrompre ces étranges face-à-face entre le vieux et les panonceaux. Rien ni personne n'était jamais parvenu à arracher le bonhomme à cet état de transe profonde dans lequel le plongeait la contemplation de ces écrits. Il sourdait de ses yeux, deux billes noires enchâssées dans le fond des orbites, une intelligence malsaine et tout son être dégageait un tel sentiment de malignité qu'aucun marchand n'avait osé lui demander pourquoi il

faisait cela. On ne demande pas à un fou pourquoi il est fou. Comble du culot, le bonhomme n'achetait rien, jamais. Pas le moindre fruit, ni le plus infime bout de fromage. Pas un regard sur les charcuteries, jamais surpris à tâter ou renifler un melon pour juger de l'état de son mûrissement. Non. Il se contentait de rester immobile, comme frappé d'une soudaine absence, les yeux rivés sur les ardoises. Tous avaient fini par ignorer sa présence muette comme un buffle le fait du pique-bœuf qui se promène à longueur de jour sur son échine.

Ce jour-là encore, il fallut au vieux près d'un quart d'heure pour rejoindre la brasserie. Son palais appelait de toutes ses papilles le pichet de rosé qu'il s'octroyait tous les jeudis. À cette heure matinale, livreurs et commerçants s'agglutinaient le long du zinc dans une joyeuse pagaille, épaule contre épaule. Le vieux avait en horreur ce genre d'attroupement bruyant. Des mouches autour d'une merde, songea-t-il tandis qu'il se frayait un passage en bougonnant pour aller emprunter l'escalier en colimaçon qui menait à l'étage. La table accolée à la baie vitrée l'attendait. Avec l'habitude, ce coin de formica était devenu sa propriété. Et si par malheur un étranger occupait la place, le vieux restait debout à ses côtés, jetant à l'intrus de fréquents regards assassins jusqu'à ce que celui-ci daigne enfin libérer l'endroit. Il y avait bien longtemps que le vieux n'avait plus besoin de passer commande. Le serveur vint déposer devant lui le verre accompagné du quart de vin et repartit sans avoir prononcé le moindre mot, sachant depuis longtemps qu'il ne fallait surtout pas attendre un merci de la part du personnage, encore moins un pourboire. Pendant près de deux heures, il resta assis là, à siroter son rosé à gorgées mesurées, contemplant par la vitre le domaine de chasse qui s'étendait à ses pieds sur près de six mille mètres carrés. Sur le tableau noir accroché au mur, était inscrit le menu du jour. *Andouillette sauce moutarde, pommes vapeur, tarte de saison.* Le vieux ne put s'empêcher de sourire. La main qui avait tracé ces mots était nouvelle. Un stagiaire, sûrement. Bien que d'apparence anodine, l'écriture laissait apparaître par endroits des failles, des anfractuosités par lesquelles il glissa son esprit pour analyser la personnalité de son auteur. Les points sur les lettres *i* des mots *andouillette* et *saison* étaient décalés sur la droite. Les boucles des *s* et des *e* étaient entrouvertes. La plongée des traits finaux des trois *m* contenus dans le texte témoignait des difficultés que devait surmonter la personne pour rester à la hauteur de son travail. Mais c'est sur le *p* que le vieux porta principalement son attention. Il aimait le *p*, le vieux. On pouvait lire énormément de choses dans la seizième lettre de l'alphabet. Selon son inclinaison, sa forme, liée, en V, bâtonnée, sa taille, il était souvent bavard, le *p*. Ici, celui du mot *pomme* voyait son arcade, en retrait et dissociée de la hampe, couper le jambage au dernier tiers, contrairement au *p* de *vapeur* dont l'arcade, elle, se trouvait légèrement dissociée du corps de la lettre. Pressé d'en finir, le marmiton, songea-t-il. L'écriture, que l'on devinait appliquée au début, était plus spontanée sur la fin. Plus lâche aussi. Le type qui avait écrit ça manquait d'assurance et de constance, à n'en pas douter. Au final, une graphie fadasse d'un être sans intérêt à ses yeux. Tout en remplissant pour la deuxième fois son verre, le vieux se remémora sa première analyse graphologique soixante-douze ans auparavant, sur un tableau noir là aussi. Comment, du haut de ses dix ans, il avait débité à Monsieur Dutrilleux, l'instituteur, le profil psychologique de celui-ci après dissection de son écriture. Dutrilleux, un être dont le désir de réussir dans la vie n'avait d'égal que sa propension à échouer et qui, sous des abords qui se voulaient amicaux, cachait un ego démesuré. Son impertinence avait coûté à l'enfant cinq cents lignes d'écriture et deux pleines après-midi de colle. Face à cette précocité terrifiante, le maître avait en outre convoqué ses parents, des parents qui n'avaient jamais entendu parler de la graphologie, qui ne soupçonnaient d'ailleurs même pas qu'une telle science puisse exister. Malgré les punitions et les coups de ceinturon du père, le gamin n'avait pu s'empêcher de continuer à utiliser ce don étrange. Chaque fois que l'un de ses camarades passait au tableau, il disséquait les graphèmes avec une minutie chirurgicale afin de tirer le portrait mental de l'infortuné. Quand sonnait l'heure de la récré, le graphologue en culotte courte se pressait alors d'aller trouver la victime du jour pour lui faire le compte-rendu de son analyse. Toute la classe y était passée. Mauguier le pleurnichard, Hélène Quirin la mijaurée, Vincent Gendron l'éternel fayot, Sophie Bargeol la sainte-nitouche. Il n'avait pas tardé à inspirer la peur autour de lui. Ce besoin viscéral de décortiquer les écrits pour rentrer dans l'intimité des autres l'avait mis au banc des exclus. Lui, le grand échalas binoclard qu'on prenait plaisir à tourmenter, avait vu son statut changer du jour où son don s'était révélé au monde. On s'était mis à le craindre. Même le gros Bertillac qui cherchait toujours la castagne s'en était sauvé comme l'on fuit devant un pestiféré. Il avait pu lire la peur dans les regards. À son approche, garçons et filles s'éparpillaient en tous sens telle une volée de moineaux effarouchés. Il possédait au plus profond de ses gènes un pouvoir que tous ces minables ne détiendraient jamais. Rejeté et banni comme un nuisible, il s'était définitivement cloîtré dans son isolement, le cœur empli de fiel.

Depuis ces temps lointains, il n'avait eu de cesse de fureter après la calligraphie la plus diabolique qui soit. Les belles âmes l'insupportaient. Seule la noirceur d'un esprit malfaisant trouvait quelque intérêt à ses yeux. Des années durant, il avait arpenté les quais de Seine, farfouillant avec sans-gêne et gourmandise dans les casiers des bouquinistes, s'aiguisant la vue sur des cartes postales aux écrits souvent vieux de plus d'un demi-siècle. À de rares occasions, sa quête l'avait mené aux portes du mal. Des parts de ténèbres emprisonnées dans l'opacité des encres, des fragments de méchanceté étalés sur du papier aux relents de grenier et qu'il conservait précieusement. Au fil du temps, il s'était lassé de ces écritures délavées par les ans et mortes le jour même de leur oblitération. Il lui fallait du vivant, trouver un vivier foisonnant d'écrits frais. La révélation lui était apparue sous la forme d'un anodin bout de papier froissé trouvé sur le trottoir. Une main malhabile y avait détaillé une liste exhaustive de produits alimentaires. Un billet de commissions, anodin et pourtant si plein de vie, un festin graphologique à ses yeux. Le marché couvert s'était alors naturellement imposé à son esprit. Et si la perle rare était jusqu'à présent restée introuvable, il ne désespérait pas de tomber un jour prochain sur le joyau convoité.

Le vieux ingurgita une dernière brûlure fruitée qui le fit s'ébrouer de la tête aux pieds et quitta le café. Le marché battait son plein. Comme chaque jeudi, il allait lui falloir être patient et attendre une heure plus tardive, le temps que le troupeau des ménagères et des badauds abandonne les lieux pour que les allées dévoilent leurs rebuts. En attendant, il alla s'asseoir sur l'un des bancs situés sous la grande horloge et sombra bientôt dans une semi-somnolence, bercé par le brouhaha ambiant. À l'approche de treize heures, tandis que les derniers clients se dirigeaient vers la sortie, il s'étira, retroussa ses manches, mettant à jour deux avant-bras décharnés, puis enfila les gants chirurgicaux tirés de sa poche. À partir de cet instant, il disposait d'une demi-heure, avant que l'armée de balayeurs ne passe à l'action. Sans attendre, le vieux remonta une première allée. Il avançait d'un pas lent et cadencé qui conférait à toute sa personne des allures de héron foulant les bords d'un étang. Du haut de son mètre quatre-vingt-dix, la tête penchée en avant, il balayait le sol du regard à la recherche des billets de commissions. De temps à autre, le vieux suspendait sa marche, pliait son corps filiforme jusqu'au sol en une génuflexion maladroite, le temps de prélever un bout de papier tombé à terre. Après un rapide coup d'œil, il glissait la nouvelle prise dans le fond de la gibecière ou la rejetait sur la grisaille du béton avant de reprendre sa progression de sa démarche d'échassier. Il arpenta une à une toutes les allées du marché, prélevant par dizaines les billets couverts de notes, des billets souvent à demi déchirés, sales et visqueux d'avoir été piétinés par une armée de chaussures. Sa moisson terminée, le vieux se dirigea avec entrain vers la sortie. La volumineuse poubelle de plastique vert à droite de la porte regorgeait souvent de trésors insoupçonnés. Il souleva le couvercle et posa son regard fiévreux sur l'amas de détritus, tel un orpailleur scrutant des yeux le sable aurifère gisant dans le fond de son tamis. Il farfouilla à pleines mains dans le tas d'immondices, arrachant au magma puant la dizaine de papiers dignes d'intérêt à ses yeux. Après s'être assuré que plus aucun billet n'avait échappé à sa fouille méthodique, il retira les gants qu'il jeta dans la poubelle, sangla soigneusement le rabat de la besace et quitta les lieux.

Une heure plus tard, il refermait dans son dos la porte de son appartement et, sans prendre le temps d'ôter son imperméable ni même d'enlever sa casquette, se faufila entre les piles de paperasse et les cartons d'archives qui encombraient l'espace pour s'installer devant le pupitre lui tenant lieu de bureau. Il plongea la main une première fois dans la sacoche. Sa bouche dessina un rictus gourmand à la vue du papier froissé remonté des profondeurs du sac. Après avoir déplié la feuille et lissé délicatement le papier du plat de la paume, le vieux posa les yeux sur son contenu.

Carottes
Poireau
Scarole Laitue
Pintade
filets colin + saumon, crevetes
brie, tome, comté
3 baguettes + 1 campagne trancher

Avec l'habitude, il avait appris à faire une totale abstraction des mots pour consacrer toute son attention à leur seule graphie. Les fautes d'orthographe elles-mêmes ne devaient en aucun cas interférer dans son jugement. Quelques secondes d'analyse lui suffisaient en général pour se faire une idée d'ensemble. Cette écriture-là ne présentait rien d'exceptionnel. Il chiffonna la feuille et l'envoya d'une pichenette rouler sur le plancher. Sa main plongea aussitôt à la recherche d'un deuxième spécimen. Chaque nouvelle exhumation lui procurait une agréable décharge d'adrénaline. Le vieux passa toute l'après-midi à décortiquer et éplucher des yeux les écrits avant de rejeter au sol les bouts de papier une fois ceux-ci vidés de leur substance. Mais une fois de plus, il n'avait ramené dans son antre qu'un ramassis de gribouillis sans consistance. Dépité, il releva la tête et contempla le mur qui lui faisait face. Se trouvait là, épinglé à même le plâtre tels des papillons fragiles, le maigre résultat de toute une vie de chasse harassante. Le vieux arracha avec fureur la dizaine de trophées pitoyables qu'il déchira entre ses doigts osseux. Ses bras balayèrent l'espace en de grands moulinets frénétiques. Dans son élan, il renversa le pot à crayons posé à droite de la machine à écrire. Ce pot qui le narguait et l'obsédait jusque dans son sommeil et qui dardait vers lui à longueur de jour mines et pointes comme autant d'épines empoisonnées. Il y avait bien longtemps que le vieux ne parvenait plus à écrire. La main, à l'approche du crayon, se mettait à trembler sans qu'il parvienne à la maîtriser. Avant même que la pointe ne touche le papier, une sueur glacée venait perler à la surface de son front et des spasmes douloureux tordaient son estomac, l'obligeant à se ruer jusqu'au lavabo pour y dégueuler une bile claire. Les dernières tentatives l'avaient laissé pantelant et sans force plusieurs jours durant. Dans sa rage, il s'empara du premier crayon à portée de main et lui brisa l'échine. Le craquement sec qu'il produisit en se cassant l'emplit de contentement. Le geste avait été si prompt que spasmes et nausée n'avaient pas eu le temps de s'installer. Alors, le visage grimaçant sous l'effort, le vieux rompit un à un stylos et crayons sans distinction, détruisant même au passage le double décimètre en plastique qui explosa entre ses mains. Il se pencha vers le sol, empoigna la pile d'archives qui se trouvait à ses pieds et la projeta de toutes ses forces vers le plafond. Pendant plusieurs minutes, le vieux s'échina à tout détruire autour de lui. Avec frénésie, il virevoltait au milieu du capharnaüm ambiant, renversait les cartons, vidait les étagères de leurs livres, déchirait les classeurs, balançait dans les airs de pleines poignées de cartes postales qui retombaient sur lui en une pluie légère. L'homme riait, pleurait, grognait, criait. Tandis qu'il éventrait un énième carton et dispersait son contenu autour de lui, le cahier bleu enfoui là depuis des lustres remonta à la surface. À sa vue, le cœur du vieux s'arrêta un instant de battre. Il ramassa le cahier avec délicatesse et doucement, en tourna les premières pages. *Émile Monestier, classe de CE2. Jeudi 12 avril 1938. Dictée.* Il s'assit à même le sol et contempla cette écriture qu'il analysait pour la première fois. Alors, devant ses yeux exorbités, lui apparut la graphie qu'il avait passé toute sa vie à chercher. Des pattes de mouche gorgées de haine, des entrelacs violets qui serpentaient sur le papier en sifflant leur vilenie, des moignons de jambages amputés par l'avarice, des virgules comme autant de morsures, des points comme autant de crachats. Page après page, s'étalait l'écriture brouillonne d'un écolier rongé par la folie.

Recroquevillé sur lui-même, Émile Monestier, soixante-seize ans après avoir écrit ces mots, s'abîma tout entier dans la contemplation de son âme.

« Le vieux » a reçu le 1er prix du concours
de la nouvelle inédite de la ville du Mans, 1998,
sous le titre « Miroir d'encre ».

Brume

Douze ans. Douze ans déjà que je suis ici. À cause de Maria, l'aînée de mes deux filles. Oh, tout ça ne s'est pas fait du jour au lendemain d'un simple claquement de doigts. J'ai lutté, je me suis battu. J'ai réussi dans les premiers temps à repousser l'échéance, malgré les arguments toujours plus nombreux de ma fille. Élisabeth, ma deuxième, était plutôt sans avis sur le sujet. Elle a toujours su faire preuve d'une neutralité passive pour les prises de décision délicates. Elle a délégué les pleins pouvoirs à sa grande sœur qui ne s'est pas fait prier pour prendre la tête des opérations. Oui, pendant longtemps j'ai rechigné donc. Joué du sabot telle une vieille mule entêtée pour repousser les assauts répétés de Maria. « Ça sera bien plus simple pour tout le monde, elle disait. L'établissement n'est qu'à trente minutes de voiture de chez nous. On pourra venir te voir toutes les semaines. Et puis je serai beaucoup plus tranquille à te savoir entre de bonnes mains. » J'ai eu beau lui faire remarquer que la banlieue de Châteauroux, c'était pas vraiment l'endroit où j'avais pensé finir mes jours, que depuis mon plus jeune âge, j'avais toujours eu la mer à portée de mollets, elle n'a jamais lâché prise. Maigre consolation, au final, ce n'est pas Maria qui a eu raison de mes défenses. Non, c'est la chute dans la cuisine et ce foutu fémur qui a craqué comme une vieille branche de bois mort. C'est Rose, l'aide familiale, qui m'a trouvé étendu de tout mon long au pied de l'évier. Impossible de me relever. Je gisais là depuis la veille au soir et avais fini par me faire une raison. Les six semaines de convalescence passées chez Maria ont fini par grignoter le peu de volonté qui me restait.

Les Glycines ! Rien que le nom m'a foutu la chair de poule la première fois qu'elle l'a prononcé devant moi. Je crois bien que l'Hexagone compte autant de maisons de retraite qui portent le nom « Les Glycines » que d'hôtels répondant à l'étrange appellation de « Cheval Blanc ». Pour couronner le tout, il n'y a jamais eu l'ombre d'un début de glycine autour du bâtiment. Ni dans le parc ni poussant, comme toute glycine qui se respecte, contre les murs. Pas plus d'ailleurs que vous ne trouverez de cheval blanc à proximité des hôtels du même nom ! Aujourd'hui encore, ces appellations restent des énigmes pour moi. Des énigmes dont personne ne semble détenir la réponse. D'ailleurs, je vois bien que tout le monde se fout royalement du pourquoi. Ici, on vous fait vite comprendre que les « pourquoi » ne sont plus de votre âge. Ici, on a droit à deux alguazils intraitables, deux infirmières en chef qui font régner l'ordre et respecter les règles sans jamais fléchir. Une pour le jour, une pour la nuit. Jamais relâche !

Le soleil me manque. Sa chaleur comme sa lumière. Une clarté qui semble à jamais s'en être allée, remplacée par cette saleté de brouillard qui vient d'on ne sait où et qui n'en finit pas de s'écouler sur le monde. Ce matin encore, la brume noie tout. Une énorme masse de coton sale qui a avalé le parc, les arbres et l'immense portail en fer forgé de l'entrée. Ici, en novembre, c'est normal paraît-il. C'est sournois, la brume. C'est comme la vieillesse. Ça profite souvent de la nuit pour forcir. Ça vous envahit sans bruit, s'insinue jusque dans les moindres recoins, vous engourdit les pensées et vous éteint les souvenirs sans même que vous vous soyez rendu compte de sa présence. Au matin, elle est là, omniprésente, et ne vous lâchera plus. Comme d'habitude, je suis arrivé le dernier au réfectoire. J'ai toujours conservé cette drôle de manie de me cantonner en queue de peloton. Ce n'est pas que je sois moins rapide que les autres, il y en a beaucoup ici qui avancent au rythme de leur déambulateur, ni que mon appétit soit moindre, mais il y a toujours ce vieux réflexe de puntillero qui est resté en moi. N'arriver qu'à la toute fin, lorsque tout a été dit, ou presque, et qu'il me faut terminer ce qui doit l'être. Je me suis assis en face de mon bol. Gisèle Levasseur, la fille de salle, m'a demandé si je préférais du thé ou du café. Ça fait douze ans que tous les matins que Dieu fait, je prends du café avec une larme de lait et tous les matins, cette brave fille me demande si je veux du thé ou du café. « Café, s'il vous plaît, avec une larme de lait, merci, Mademoiselle Levasseur. » Ma voisine de droite geint. Le pain est trop dur, le beurre trop mou. La confiture trop sucrée. J'ai envie de lui dire qu'elle est trop geignarde mais j'avale ma phrase avec le verre d'eau posé devant moi et les trois petits cachets qu'il me faut prendre tous les matins de peur de ne pas pouvoir assister au prochain lever du soleil, s'il daigne bien faire l'effort de pointer son nez. Une pilule rose pour la tension, une blanche pour la thyroïde et une bleu clair pour je ne sais plus quelle autre malédiction que la vieillesse a inventée pour nous égayer l'existence. Certains ici ont droit à toutes les couleurs de l'arc-en-ciel et passent plus de temps à ingurgiter la ribambelle de cachetons posés devant eux que la tranche de pain tartinée avec l'ersatz pâlot à zéro pour cent de matières grasses qui tente de se faire passer pour du beurre ! Ici, tout est à zéro pour cent. Ils veulent que l'on meure en bonne santé. Cette nuit, il y a eu un nouveau départ. Aux Glycines, le mot « décès » est soigneusement proscrit. Toujours cette fichue persistance à ne pas oser affronter la mort en face, même ici, où elle a ses quartiers et où l'on peut la croiser à tout instant ! Alors on tourne autour, on fait des ronds de jambe et on l'habille de beaux mots comme « départ ». J'aurais aimé pouvoir vous dire que l'atmosphère qui régnait ce matin dans le réfectoire était au recueillement mais il n'en était rien. Les bruits de succion et de mastication humide de mes congénères semblaient juste un peu plus discrets qu'à l'accoutumée. Les bouches peut-être un peu moins avides. Les coups d'œil plus furtifs, les tintements de couverts un soupçon plus feutrés. Le seul signe extérieur de l'absence était cette place libre qui attirait tous les regards : la chaise vide de Marcel Garnier qui faisait comme une béance intolérable au milieu du réfectoire !

On l'a retrouvé sur le petit matin, sagement couché dans son lit. Son départ n'a été une surprise pour personne. Victime d'une attaque, nous a annoncé tout à l'heure Madame Vergelet, la directrice de l'établissement. J'ai étouffé dans ma serviette de table le gloussement qui s'échappait de ma bouche. Rupture d'anévrisme, crise cardiaque, embolie pulmonaire, quelle que soit la cause, ils finissent toujours par appeler ça une attaque ! Ils n'ont jamais rien trouvé de mieux comme expression pour dire que la Grande Faucheuse en avait terminé de son troisième tercio avec l'un d'entre nous. Je dois être le seul ici à avoir déjà assisté à une estocade. C'est pourtant bien de cela qu'il s'agit. Une estocade en bonne et due forme ! Et avec la horde de vieillards qui déambule aux Glycines, elle n'a jamais grand mal à la porter, son estocade, la Mort. Cela faisait un bon bout de temps qu'il promenait son lot de banderilles, Marcel Garnier. Avec son taux de cholestérol galopant, son diabète fluctuant et ses artères fatiguées, il faisait partie de ces sursitaires qui n'en finissent pas de mourir, comme il en existe des dizaines d'autres ici, aussi discrets que des fantômes, passant l'essentiel de leur temps à attendre l'heure de la soupe, ne quittant leur chambre que pour aller remplir leur estomac au réfectoire avant de s'en retourner vers leur fauteuil, le dos voûté d'arthrose et de soumission devant la vieillesse, déjà dans l'attente du repas suivant. Marcel Garnier était de ceux-là, à patienter à longueur de journée l'œil rivé sur le réveil de sa table de nuit en lissant du plat de la main la serviette posée sur ses genoux. Des êtres déjà en partance, errant sur le quai dans l'attente de ce foutu départ qui tarde à venir. J'ai regardé la chaise vide de Marcel Garnier avec envie.

Dimanche est le jour des visites. J'ai passé l'après-midi avec quelques autres dans le hall, assis sur le banc qui fait face à la porte d'entrée, à regarder la vie du dehors venir se cogner contre la baie vitrée. Je peux rester là des heures durant, à somnoler à demi, tandis que s'engouffrent en petites grappes bruyantes les familles. Comme tous les dimanches, j'ai attendu Maria, avant que mon cerveau engourdi me rappelle qu'elle est partie l'an passé, emportée par une saleté de tumeur mal placée qui l'a vampirisée en trois mois. On ne devrait jamais avoir à enterrer ses enfants. Le père avant sa fille, aussi logique que deux et deux font quatre ! Élisabeth vient encore me voir parfois. Rarement. Nîmes est loin de Châteauroux. Elle appelle tous les dimanches, après le repas du soir, mais je n'entends plus guère. Même la voix de ma propre fille, une voix que j'aurais pu par le passé reconnaître entre mille, même cette voix ressemble de plus en plus à une bouillie inaudible que je n'ai plus la force de déchiffrer. Alors je fais semblant, je donne le change, marmonne des « oui », des « non », des « ah bon ! » qui se veulent intéressés et puis on finit par se dire au revoir, à la semaine prochaine, porte-toi bien papa, je t'embrasse. Je n'aime pas les dimanches. Ils sont comme des rappels à l'ordre, pour nous dire que la vraie vie n'est plus ici, entre ces murs, mais bien au-dehors, au sein de ce brouillard épais qui nous est à présent inaccessible.

Tout à l'heure, ils ont emporté la dépouille de Marcel Garnier. Dans ma tête, a résonné le bruit de l'arrastre. J'ai de plus en plus souvent le sentiment que la mort ne veut pas de moi. Qu'elle a encore besoin de son vieux puntillero ici-bas, pour leur faire accomplir le grand passage. Je sais maintenant que ma place est ici. Comme elle était dans les arènes, il y a près de soixante-dix ans. Car même aux Glycines, parfois, malgré les coups d'estoc, la fin tarde à venir. Il reste cet infime filet de vie qui s'évertue encore à circuler et qui ne veut pas se tarir. Alors, au creux de la nuit, il me faut me glisser hors de mon lit. Oublier un instant le sac de douleurs qu'est devenue ma vieille carcasse et me faufiler dans le couloir au milieu des ténèbres. Remonter une à une les chambres, le cœur battant, à la recherche de la bonne porte, priant pour ne pas tomber sur l'alguazil de nuit !

M'avancer jusqu'au lit. Alors, comme je le faisais par le passé sur le sable de l'arène, je coupe le dernier fil et les libère. Étrangement, je ne me suis jamais senti aussi vivant qu'en cet instant où ma main tranche le cordon invisible. Le dernier souffle du père Garnier n'a pas été bien difficile à cueillir. Comme tous les autres, l'oreiller plaqué sur sa figure a bu le peu de vie qui restait encore dans ses poumons. Lorsque tout est fini, je les contemple toujours une dernière fois. Malgré la pénombre qui voile leur visage, il me semble parfois déceler des traces de soulagement dans leur regard éteint.

Demain, j'aurai cent deux ans. Demain, je vais prendre du thé, rien que pour voir la bouche de Gisèle Levasseur béer de surprise.

« Brume » a été lauréate
du prix Hemingway, 2010.

Rose sparadrap

Depuis ce matin, les anges crient dans ma tête. C'est à cause du sparadrap. Avant, ils poussaient des petits couinements de souris prises au piège, comme quand la minouche en ramène une vivante à la maison et joue avec. Mais depuis qu'ils ont vu le sparadrap, ils hurlent, les anges. Des cris qui font mal dedans, comme quand la craie de la maîtresse dérape sur le tableau et que ça fait un bruit d'ongle et que tout le monde fait la grimace. Elle m'a encore grondée, la maîtresse, comme à chaque fois que les anges font la sérénade. Lisa Dupuis, vous dormez ? elle a demandé, avec son sourire spécial on-ne-me-la-fait-pas. Comme d'habitude, j'ai sursauté. Mademoiselle Brunet me regardait du haut de l'estrade, les bras croisés sur la poitrine. Elle attendait une réponse, Mademoiselle Brunet. Devant moi, il y avait tous ces bras levés vers le plafond. Une forêt de bras blancs, avec les ardoises noires qui se balançaient au-dessus des têtes comme des grosses feuilles dans le vent. Les bras se sont repliés. Toute la classe m'a regardée. Lisa la bête curieuse. J'ai eu l'impression que la terre entière s'était arrêtée de tourner et attendait que Mademoiselle Lisa Dupuis réponde à la maîtresse pour redémarrer. Alors j'ai pas pu m'empêcher de pleurer. Arrête tout de suite ces larmes de crocodile, tu veux bien, elle a dit. Elle dit toujours ça quand quelqu'un se met à pleurer. Je crois bien que c'est sa phrase préférée. On voit bien qu'elle en a jamais vu des crocodiles, Mademoiselle Brunet. Avec maman, on en a vu un une fois au musée d'Histoire naturelle. Un gros empaillé qui faisait six mètres de long, avec une gueule pleine de dents. *Crocodylus Niloticus*, c'était marqué sur la pancarte. J'ai pas eu l'impression que ça pouvait pleurer facilement, un Crocodylus Niloticus. Ça l'énerve, la maîtresse, de ne pas savoir pourquoi je pleure. Elle supporte pas. Elle qui sait le nom de tous les départements, qui connaît par cœur les règles de calcul, les dates de toutes les guerres, comment poussent les arbres, pourquoi l'eau de mer est salée, qui peut réciter les yeux fermés le nom de tous les rois de France, elle voudrait bien savoir pourquoi je pleure tout le temps pour un oui, pour un non. J'aurais bien voulu lui expliquer à la maîtresse que quand on a des dizaines d'anges qui font le chahut dans votre tête et qui volent dans tous les sens en cognant leurs ailes contre les os de votre crâne, on a bien du mal à dormir. Non, je dors pas, je suis juste absente, c'est tout. C'est le psychologue scolaire qui l'a dit à maman. Un petit bonhomme tout rond, avec des lunettes rondes posées au bout de son nez. On a toujours l'impression qu'elles vont tomber, ses lunettes. Il a deux énormes yeux perçants qui essaient tout le temps de me traverser la peau pour lire à l'intérieur de moi et il me parle comme le docteur du vaccin quand il explique que la piqûre qu'il va faire ne fait pas mal alors que c'est pas vrai, ça fait toujours un mal de chien, les piqûres. Je l'appelle Monsieur Hibou, le psychologue. La dernière fois, il m'a demandé de faire des dessins, en me tendant une boîte pleine de feutres. Ils étaient tout mordillés, ses feutres. On pouvait voir la trace des dents sur le plastique des capuchons. Dégueulasse. Je me suis demandé en grimaçant dans combien de bouches d'enfants ils étaient déjà passés, ses stylos. J'ai dessiné la grange au milieu du champ avec les anges dans le ciel. Le brun de la grange avait bavé sur le jaune du colza. Ça ressemblait à un bateau posé sur une flaque d'eau sale. Le psychologue a dit que j'avais dessiné de bien beaux oiseaux. C'est là que j'ai compris qu'il voyait rien du tout dans ma tête,

Monsieur Hibou, sinon il aurait vu que j'avais dessiné les anges. Votre fille souffre d'absences, il a expliqué à maman. J'aurais bien aimé lui dire que ça ne faisait pas souffrir, les absences. Bien au contraire, c'est comme de partir en vacances toute seule loin, très loin, dans un endroit où les anges me laissent un peu tranquille. Parce qu'ils ont beau être des anges, ils me fatiguent à tout le temps pleurer comme des bébés. La nuit où ils se sont installés, j'ai saigné du nez. Maman a dit que c'était parce que j'étais restée un peu trop longtemps au soleil l'après-midi à barboter dans la piscine à boudins que papa Jean avait achetée. Moi, je crois plutôt que c'est parce qu'ils ont dû gratter l'intérieur de ma tête avec leurs mains minuscules, les anges, pour se faire une place et fabriquer leur nid. Depuis qu'ils sont venus dans ma tête, ils ne veulent plus repartir. Je l'ai pas dit à Monsieur Hibou. Même pas à maman. Ça servirait à rien. Personne d'autre que moi les entend, les anges, je vois bien. Ils sont tous là, serrés comme des sardines derrière mon front. C'est surtout la nuit qu'ils font le plus de bruit. Le jour, avec l'école, les copines, ils reculent au fond de ma tête. Mais ils ne partent jamais complètement. Ils restent là, ailes contre ailes, à trembloter de trouille. Quand tout est calme, je peux les entendre renifler. C'est pour ça que j'aime bien la musique. Avec la musique, ils se calment et j'ai moins mal dans ma tête. Mais quand la nuit arrive, ils s'agitent et s'envolent partout en pleurant. Ça fait un nuage d'anges, comme les moustiques en été autour de l'ampoule de la véranda. Ils ont peur, une peur à faire pipi dans leur culotte d'ange. C'est de la faute au croque-mitaine. Alors je leur dis : « Chut, chut ! Faut pas crier sinon il va vous entendre, avec ses grandes oreilles qui peuvent écouter dans la tête des petites filles comme on écoute la mer dans les coquillages. Et alors, il va traverser les portes du sommeil pour venir tous nous croquer avec ses dents toutes pourries, même maman. » C'est papa Jean qui me l'a dit. Il est gentil, papa Jean. Depuis que maman s'est remariée avec lui, elle sourit tout le temps. Il m'achète tout le temps des cadeaux et maman n'arrête pas de dire qu'il me gâte trop mais lui au moins il m'écoute. Il gronde pas sans arrêt pour un oui, pour un non. C'est pour ça que je lui ai raconté, à papa Jean, la première nuit où le croque-mitaine est venu. J'ai eu peur qu'il se moque de moi, qu'il se mette à éclater de rire en se tapant sur les cuisses, mais pas du tout, au contraire. Il m'a crue sans discuter, sans poser de questions. J'ai même eu l'impression que le croque-mitaine lui faisait un peu peur, à lui aussi. Je l'ai vu dans ses yeux. Il m'a prise doucement dans ses bras et m'a serrée très fort contre lui. D'habitude, il fait toujours le clown mais là, il est resté un long moment sans rien dire. Je n'avais jamais vu papa Jean aussi sérieux et ma peau s'est couverte de picotements. Même les anges se sont tus devant ce drôle d'air qu'il avait, comme si eux aussi voulaient écouter ce qui allait sortir de sa bouche. Ses doigts se sont refermés sur mes bras. Il m'a regardée droit dans les yeux et m'a tout expliqué. Le croque-mitaine n'existe que dans ma tête de petite fille. Je lui ai dit que je ne voyais pas bien comment un grand croque-mitaine pouvait tenir dans le crâne d'une petite fille de huit ans et demi. Ça l'a fait sourire. Pour que je comprenne, il a comparé le croque-mitaine au génie de la lampe d'Aladin. C'est comme un fantôme fait de gaz invisible. Mais certaines nuits, il arrive qu'on le rêve tellement fort qu'il passe les portes du sommeil et sort de ma tête comme le génie de la lampe. Je peux le voir, mais il n'est pas réel. Il est comme les flaques d'eau qu'on aperçoit au milieu de la route les jours de grande chaleur. Elles sont là-bas, sous nos yeux, de jolies petites mares bien brillantes et pourtant, elles n'existent pas. Pour les anges et le croque-mitaine, c'est tout pareil. Ils sont le fruit de mon imagination, il a dit. Il y en a qui voit des extraterrestres, d'autres des revenants. Moi, c'est le croque-mitaine. Papa Jean m'a fait promettre de n'en parler à personne, même pas à maman. Surtout pas à maman. Parce qu'on me prendrait pour une folle, une petite fille qui a perdu la boule et ils seraient obligés de m'enfermer dans la maison des fous, dans une pièce sans fenêtres avec des murs mous comme de la brioche, avec plein de méchants Monsieur Hibou armés de grosses piqûres. Le croque-mitaine, c'est devenu un secret entre papa Jean et moi.

Maman, elle est infirmière. Elle travaille tout le temps, même la nuit parfois. Le croque-mitaine le sait bien. C'est toujours les nuits où maman travaille qu'il passe les portes du sommeil. Les anges aussi le savent bien. Ils crient plus fort les soirs où maman n'est pas là. Alors pour les calmer, papa Jean me donne le sirop magique. Le sirop magique aussi, c'est un secret. C'est rose, amer et sucré en même temps et ça fait tout pâteux dans la bouche. Il est magique parce qu'il endort les anges et ferme les portes du sommeil pour que le croque-mitaine ne passe pas. Mais il doit avoir les clés parce qu'il arrive quand même toujours à sortir de ma tête. Hier soir, il est encore venu. Il a attendu que la nuit remplisse la chambre et que les anges s'endorment. J'avais soif et ma langue était dure et sèche à cause du sirop. Le trou de la serrure s'est mis à briller comme un minuscule soleil. C'est devenu un grand rectangle jaune qui a grossi un instant sur le mur au-dessus du lit avant d'être aspiré par le noir. Lorsque le parquet a grincé, j'ai compris qu'il était là. De chaque côté de ma tête, ça faisait comme des cœurs qui battaient. Je n'arrêtais pas de me dire qu'il n'existait pas, que c'était juste un fantôme de gaz sorti de mon crâne. Des fois, il s'arrête au pied du lit, reste là à respirer fort avant de repartir. Mais hier soir, quand le matelas s'est enfoncé sous son poids et qu'il a posé ses grosses mains sur moi pour caresser mes cheveux, j'ai su qu'il allait encore m'emmener dans la grange. Quand le drap a glissé le long de mes jambes, ça a fait comme une vague qui se retire. Ses bras musclés se sont glissés sous moi comme deux énormes serpents froids. J'ai fermé tout fort les yeux pour ne pas voir son visage qui est vraiment pas beau. Il a des grands cheveux tout rouges qui tombent sur ses épaules. Sa peau est verte, avec plein de pustules partout. On dirait de la peau de crapaud. Au milieu, il y a son nez crochu qui pointe comme un dard venimeux. Deux grandes dents jaunes dépassent de chaque côté de sa bouche. Ça pue le caoutchouc. Mais le pire, c'est les trous à la place des yeux et ce qu'il y a dedans. Deux puits noirs qui me fixent avec, tout au fond, comme des braises qui brillent. Il m'a soulevée dans ses bras et je me suis mise à flotter au-dessus du sol.

Dehors, il faisait froid. Je pouvais entendre les graviers qui s'écrasaient sous les chaussures du croque-mitaine. Au-dessus de moi, son visage faisait comme une grosse tache verte. Des nuages de buée sortaient de sa bouche et se noyaient dans la crinière rouge qui entourait sa tête. Il y avait la lune tout allumée dans le ciel. Une crêpe bien ronde, d'une belle couleur dorée. La grange s'est glissée devant la lune. Le croque-mitaine a mis un grand coup de pied dans la porte qui a grincé en s'ouvrant. Dedans, ça puait le vieux cambouis et j'ai cru que j'allais vomir. Ça venait du tracteur et de la vieille machine qui sert à fabriquer les cubes de foin. Le croque-mitaine m'a fait basculer sur son épaule pour pouvoir grimper à l'échelle. Tout là-haut, il m'a posée sur le tas de foin. Avec la poussière, j'ai pas pu m'empêcher de tousser. Il y a eu comme un bruit de tissu et le croque-mitaine m'a écrasé le dos. Il m'a parlé, avec sa voix tout enrouée. Il dit toujours la même chose. « Mon ange, mon petit ange à moi. » Des mots empoisonnés qui sentent pas bon, des mots qui puent la vieille cigarette et la bière qui pique. À travers le mur de planches de la grange, je pouvais apercevoir un bout de ciel du dehors. Alors je les ai vus. Ça faisait plein de petits points blancs qui brillaient dans l'obscurité. C'était les anges, les anges qui s'étaient échappés de ma tête et qui s'agrippaient avec leurs minuscules mains au drap noir que la nuit avait tendu dans le ciel pour recouvrir la terre. J'ai prié pour qu'ils ne crient pas, sinon le croque-mitaine les verrait et secouerait le tissu pour les décrocher et les faire tomber. Ça ferait une pluie de petits anges qui s'écraseraient partout en faisant des bruits mouillés. Je ne voulais pas que le croque-mitaine leur fasse du mal, alors j'ai mordu. De toutes mes forces. Mes dents se sont plantées dans sa main comme dans une pomme pourrie. Il y a eu comme un drôle de goût de fer dans ma bouche mais j'ai pas desserré les mâchoires. Il a grogné, m'a attrapé les cheveux et m'a plongé la tête dans le foin. Des dizaines d'aiguilles m'ont piqué la figure et je pouvais plus respirer. J'ai avalé une grande bouffée de poussière qui est rentrée partout dans ma bouche et dans mon nez avant que les portes du sommeil se referment sur moi.

C'est le soleil qui m'a réveillée. Il tombait sur le lit en belles tranches de lumière découpées par les fentes des volets. J'étais toute fatiguée et j'avais mal partout. Ma gorge me brûlait et mes paupières griffaient mes yeux, comme si elles étaient remplies de sable. Je me suis levée. Les murs de la chambre tournaient comme dans un manège. J'ai regardé partout pour voir si le croque-mitaine n'était plus là. J'ai ouvert l'armoire, regardé sous le lit. Il n'y avait que des minons de poussière. Il était reparti dans ma tête. Comme les anges, que je pouvais entendre chigner derrière mon front. Je me suis traînée jusqu'à la cuisine. Papa Jean m'avait préparé un bon petit déjeuner mais en voyant les crêpes posées sur l'assiette, j'ai repensé à la lune. J'ai pleuré et lui ai tout raconté. Pour me consoler, il m'a fait couler un bon bain chaud. L'eau m'a fait du bien. J'ai frotté ma peau longtemps, jusqu'à ce qu'elle devienne toute rouge. Mais l'horrible odeur du croque-mitaine était toujours là. Je pouvais la sentir, cachée derrière la mousse du savon. J'ai brossé mes dents avec plein de dentifrice pour enlever le poison que j'avais dans la bouche. La menthe m'a piqué la langue mais c'était meilleur que le goût de vieille ferraille rouillée. C'est seulement quand j'ai enfilé mes habits propres que je me suis rendu compte que les anges s'étaient tus.

Papa Jean m'a emmenée à l'école. Il conduisait en sifflotant. Les fesses calées dans mon rehausseur, j'ai regardé défiler le paysage en coiffant ma poupée. On est passés près de la grange. Je pouvais voir la nuit prisonnière derrière les planches. Le croque-mitaine aussi était là-bas, j'en étais sûre. À me regarder en souriant de ses horribles dents, attendant la nuit prochaine pour sortir. Papa Jean s'était peut-être trompé. Peut-être que les monstres qui sortaient de la tête des enfants pouvaient des fois ne jamais revenir et rester dehors pour toujours. J'ai eu envie de pleurer. Pendant tout le reste du trajet, j'ai souffert d'une absence. C'était bon. Je n'entendais plus la radio. J'étais comme ma poupée. Quand j'ai rouvert les yeux, papa Jean me souriait dans le rétroviseur. On était arrivés. Je lui ai fait un bisou et suis descendue sur le trottoir. Les cris des enfants dans la cour de l'école sont entrés d'un coup dans mes oreilles. Avant de passer la grille, je me suis retournée. Au moment de démarrer, papa Jean a agité la main par la portière pour me dire au revoir. C'est quand ils ont vu le sparadrap que les anges se sont mis à hurler.

« Rose sparadrap » a reçu le 1er prix
Bérenger de Frédol
de Villeneuve-lès-Maguelone, 2001,
sous le titre « Le cri des anges ».

Sanctuaire
(ou le journal d'Arrenza Calderon)

Quand on a cinquante-quatre ans, qu'on s'appelle Arrenza Calderon et qu'on tient des toilettes publiques, fussent-elles celles d'une des plus grandes arènes d'Espagne, on n'est pas censé tenir un journal. Juste bonne à torcher les carrelages du matin au soir, Arrenza. Astiquer les chromes, récurer les éviers, briquer les faïences, recharger en papier toilette les dévidoirs. On attend d'une dame pipi qu'elle nettoie, pas qu'elle écrive. Chacun à sa place ! On peut concevoir qu'elle fasse des mots fléchés, qu'elle lise des romans-photos, mais qu'elle tapote de ses doigts délavés par l'eau de Javel sur le clavier d'un ordinateur portable pour coucher ses pensées, c'est suspect ! J'ai dû le remiser chez moi, l'ordinateur portable. La soucoupe posée sur la table avait pris la fâcheuse habitude de rester vide lorsque je pianotais sur mon clavier. On laisse moins facilement la pièce à quelqu'un tout entier absorbé par l'écran lumineux d'un PC dernier cri qu'à une pauvre femme résolvant tant bien que mal le jeu des sept erreurs du dernier magazine de mode. Si j'ai appris une chose en cinquante-quatre ans d'existence sur cette terre, c'est que l'habit doit faire le moine. Alors je me coule dans le moule. C'est plus facile pour tout le monde, à commencer par moi. L'ordinateur reste à présent sagement rangé dans sa housse. Ça les rassure, les gens, de me voir penchée au-dessus d'une grille de Sudoku en suçotant le capuchon de mon stylo ou parcourant de long en large le programme télé de la semaine. Derrière ces paravents de papier glacé, je pose mes mots sur de petits carnets cachés entre les pages des magazines. Écrire, sans en avoir l'air. Tout le secret est là. Avec le temps, je suis parvenue à donner aux gens l'illusion de ce qu'ils veulent que je sois. J'ai fini par me complaire dans cet état où tout n'est que faux-semblants. Je me dis parfois qu'ici seules les faïences sont réelles.

Des faïences du sol au plafond, blanches comme au premier jour. 14 714 exactement. De temps à autre, je recompte. Pour voir, vérifier que rien jamais ne change. Chaque fois, je retombe sur ce même nombre désespérant : 14 714. Je rêve toujours d'un nombre plus chaleureux, plus rondouillard, plus agréable à l'œil. Un nombre saupoudré de quelques zéros bien ventrus, voire de huit, de six ou de neuf pansus à souhait. Un beau trois, généreux comme une poitrine de nourrice, m'aurait amplement contenté. Il n'y a pas l'ombre d'une douceur dans 14 714 ! C'est un nombre tout en os, tout en angles, qui vous expose sans détour sa maigreur. Quoi que vous fassiez, une fois posé sur le papier, ça ressemble toujours à une suite de droites fracturées. Je me dis qu'il eût suffi d'une seule unité de plus ou de moins pour donner à ce chiffre un début de rondeur amicale. Je les connais par cœur, mes faïences. Je pourrais même vous citer en vous les décrivant toutes les éclopées sans lever mes fesses de la chaise sur laquelle je suis vissée toutes les après-midi. Il y a les écaillées, comme celle située à gauche du troisième robinet et dont l'éclat manquant dessine une drôle d'étoile à cinq branches. Il y a les ébréchées, quarante-sept exactement, qui constellent le sol, saupoudrées çà et là au gré des coups et du hasard. Mais il y a aussi et surtout cette minuscule fissure qui court sur le mur d'entrée, fine comme un cheveu et qui serpente inexorablement, année après année, carreau après carreau, en direction des grands miroirs. La courbe du temps qui passe. Un jour, sûrement, elle atteindra son but. Je ne serai pas là pour le voir. La vieille Arrenza aura fini sa course depuis longtemps.

J'aime arriver tôt dans les arènes. Entrer la première, avant que la multitude envahisse les lieux et fasse voler en éclats ce fragile moment d'intimité. Errer au gré de mes désirs sur les gradins orphelins de la foule et contempler à loisir l'étendue de sable encore vierge de toutes traces, immense salle de bal vide entre deux fêtes. Avoir pendant ce bref instant le sentiment étrange que les arènes m'appartiennent, comme je leur appartiens. Moi et elles, à jamais liées par cette union sacrée scellée dans le sang d'un homme, il y a trente-six ans. Aujourd'hui n'est pas un jour comme les autres. Raul, le vieux gardien, le sait. Tous les ans, je peux lire sur son visage cette même compassion silencieuse. Le pitoyable sourire de connivence qu'il m'a offert lorsque je suis passée le saluer tout à l'heure m'a bouleversée. J'ai senti son regard triste glisser sur mon dos tandis que je m'en retournais après avoir déposé sur sa joue râpeuse un baiser chaleureux. Comme tous les 24 juin, je n'ai pas manqué de glisser une poignée de sable dans la boîte en fer-blanc avant de laisser la gueule sombre de l'escalier m'avaler tout entière. Une petite parcelle d'arène. Pour Esteban. Et aussi histoire d'emporter avec moi un peu du monde d'en haut lorsque je descends dans les entrailles de la Terre retrouver mon univers carrelé.

L'éternelle blouse de nylon bleu ciel m'y attend. C'est devenu comme une seconde peau, mon habit de lumière à moi, suspendu dans le minuscule cagibi où sont entreposés balais, seaux et détergents. Le combat qu'il me faut mener ici est un combat de tous les instants. Javel contre microbes, serpillière contre taches, éponge contre éclaboussures. Les mains gantées de caoutchouc rose bonbon, j'anéantis la saleté. Je suis ici en immersion, loin du soleil et des cris. Le monde d'en haut me parvient par petites touches. De l'arène toute proche, les exclamations de la foule se faufilent jusqu'à moi pour venir mourir à mes pieds en un murmure sourd. Parfois, c'est un parfum qui flotte un court instant dans le sillage d'une belle avant d'aller se noyer dans l'atmosphère javellisée. De temps à autre, je délaisse la table en formica devant laquelle je suis plantée à droite de l'entrée pour aller asperger de désinfectant une pissotière ou caresser à l'aide du torchon éternellement planté dans la poche de ma blouse le cou chromé d'un robinet. Ici, le temps est rythmé au bruit des chasses d'eau libérant leur déluge chloré et par le tintement des pièces atterrissant dans la soucoupe, fer contre porcelaine. Entre deux combats, de pleins paquets de visiteurs s'engouffrent avec empressement dans les toilettes afin d'y déposer un nouveau flot d'urine, d'excréments ou de vomissures. C'est la vie qui arrive. Avec toujours cette même symphonie : le cliquetis discret des ceintures que l'on déboucle, le chant léger des fermetures éclair que l'on descend, le bruissement des étoffes, soieries, nylons, cotons et autres tissus qui glissent contre la peau, autant de froissements, frottements, froufroutements et autres friselis qui s'écoulent dans mes oreilles comme une musique familière. Après, arrivent souvent les toussotements gênés, les sifflements faussement enjoués qui cachent les pudeurs. Montent parfois du fond des gorges des vagissements à peine contenus contre les voûtes des palais, bientôt recouverts par des clapotements de mer agitée ou le chant de l'émail sous le jet des cataractes tandis que s'envolent vers le plafond les soupirs d'aise. J'ai beaucoup plus appris sur l'âme humaine en restant assise derrière ma table et ma soucoupe que dans n'importe quelle encyclopédie. Pendant ce bref instant où il se retrouve le fessier vissé à la lunette, le pantalon tire-bouchonné autour des mollets ou la jupe affalée sur les escarpins, l'être humain se retrouve face à lui-même, un vulgaire mammifère satisfaisant ses besoins les plus primaires.

J'ai fini par aimer cet endroit. Après le drame, je n'ai jamais pu me résoudre à le quitter. Comme cette fissure qui serpente en direction des grands miroirs, j'ai poursuivi ma route sans jamais m'échapper. D'aucuns auraient sûrement fui depuis longtemps. Comme l'on s'éloigne du champ de bataille après que les canons se sont tus. Peu m'importe ce que les gens disent ou pensent ! Peu m'importe de ressembler de plus en plus à une vieille femme noyée dans les souvenirs ! Oh, ce ne sont pas les occasions de partir qui ont manqué. L'année dernière encore, lorsque le vieux Javier Fernandez m'a proposé de tenir la caisse de sa supérette, j'ai refusé. Dix fois, vingt fois, j'aurais pu quitter ce lieu. Pour des salaires souvent beaucoup plus attrayants que ces maigres piécettes que je récolte dans ma soucoupe. À chaque fois, je suis restée. Pour Esteban. Pour les souvenirs qu'emprisonnent ces murs. Parce que l'oubli est illusoire. Parce que c'est ici, au milieu de ces toilettes et de ces lavabos que ma vie s'est arrêtée au moment même où elle a commencé. Dans cette cabine numéro huit que je contemple tous les jours que Dieu fait avec cette même chaleur au creux des reins. Là, derrière cette porte fermée à double tour et que je déverrouille une fois l'an. Cette cabine devenue sanctuaire et qui, je me plais souvent à le croire, contient peut-être encore un peu de cet air que nous avons respiré ensemble, Esteban et moi, il y a aujourd'hui trente-six ans. Une seule fois, je me suis rendue sur sa tombe. Là-bas, au milieu des pierres grises et des croix fatiguées, je n'ai pu retrouver mon Esteban. Je hais les tombeaux. Il y a dans ces monuments quelque chose de trop définitif, quelque chose qui emprisonne et fige les souvenirs au cœur même de la pierre.

Je me suis accrochée à cette cabine numéro huit comme d'autres se cramponnent à des photos jaunies dans leur cadre doré. Trente-six ans ! Trente-six ans que la vie est restée suspendue à cet instant magique où nos corps se sont mêlés, là, dans ces toilettes carrelées. Alors que les arènes dormaient encore, la cabine numéro huit a accueilli nos ébats, ce matin du 24 juin, quelques heures avant la grande corrida de la San Juan. Seuls au monde dans ces quelques mètres cubes de pénombre, nous nous sommes enivrés de caresses, goûtant l'un à l'autre et mêlant notre souffle. Souvent, au milieu de la nuit, il y a le remords qui me réveille. Ce remords qui s'est engraissé au fil des ans et qui me ronge de l'intérieur, tel un gros rat affamé. On m'a raconté ses dernières passes. On m'a décrit l'état de grâce qui semblait le porter cette après-midi-là, cette manière si particulière d'esquiver et de danser avec la Mort. On m'a raconté comment la corne avait labouré ses chairs, déchirant son aine droite et tranchant net l'artère. Comment l'animal, un toro de Miura de près de six cents kilos, l'avait soulevé dans les airs, le faisant voler dans la poussière telle une vulgaire poupée de chiffon. Je n'ai pas reconnu Esteban dans le corps livide qui reposait sur le brancard. L'homme qui me faisait gémir de plaisir quelques heures plus tôt ne pouvait pas être cette dépouille exsangue, blanche comme du marbre, étendue sur cette civière qui avait bu les dernières gouttes de son sang.

Pour lui ce matin, j'ai passé la plus belle de mes robes. Devant la glace, je me suis maquillée. Un soupçon de fard à joues et un peu de rouge à lèvres, comme il l'aimait. J'ai lissé longuement mes cheveux avant de les rassembler en un chignon serré. J'ai déposé quelques gouttes de parfum dans le creux du cou, là où il aimait poser ses lèvres. Tout à l'heure, à la fermeture, je raccrocherai ma blouse à sa patère. Alors, comme tous les 24 juin depuis trente-six ans, je déverrouillerai le loquet de la cabine numéro huit. Solennellement, j'entrouvrirai la porte, le temps de me glisser à l'intérieur. J'ôterai le couvercle de la boîte en fer-blanc et saupoudrerai le sable sur le sol carrelé, en offrande. Ce sable qui garde en lui tous les combats, toutes les traces et les humeurs enfouies. Un sable qui me semble toujours un peu plus lourd à chaque fois. Il rejoindra les autres poignées déposées là au fil des ans et que je m'interdis de balayer. Je me dénuderai. D'abord la robe puis mes sous-vêtements. Enfin, je libérerai ma chevelure. Alors, assise sur l'abattant au milieu de la pénombre, les pieds nus posés sur le sable de l'arène, nue comme au premier jour, les yeux clos, je laisserai Esteban venir à moi. Pour qu'à nouveau, sa voix murmure son amour à mes oreilles. Pour que ses mains parcourent mon corps, que sa bouche goûte mes lèvres. Dans mon souvenir, je le sais, il sera beau. Beau comme au premier jour.

Il me tarde de le retrouver.

« Sanctuaire » a été finaliste
du prix Hemingway, 2009.

Temps mort

Tandis que Samuel creusait la terre, arc-bouté sur sa pelle, la célèbre réplique tirée de la tirade d'Hamlet lui revint à l'esprit. « Le temps est disloqué. Ô destin maudit, pourquoi suis-je né pour le remettre en place ! » Sa frêle carcasse fut secouée par un rire saccadé entrecoupé d'une toux grasse et rauque. Ah ça, pour de la remise en place, on pouvait dire que c'était de la belle remise en place. Malgré ses quatre-vingt-deux ans passés, son visage en cet instant ressemblait à la bouille malicieuse d'un jeune chenapan. D'un revers de manche, il essuya son front luisant de sueur, rajusta sa casquette et admira son œuvre. Le trou qu'il venait de creuser mesurait un mètre de long sur cinquante centimètres de profondeur et avait la largeur d'une pelle de cantonnier. Bien assez profond pour un tel enterrement, pensa le vieil homme en souriant. Il leva la tête vers l'horizon. Déjà, l'aube naissante avalait les premières étoiles. Autour de lui, les pierres tombales luisaient sous la rosée. Il fallait faire vite avant que la fatigue ne le rattrape et que le poids des ans ne l'empêche de terminer sa tâche.

« Les horloges ne concordent plus. » La phrase avait été lâchée le jour précédent, de la bouche même du maire. Une phrase qui avait sonné comme un constat d'échec et s'était abattue sur l'assemblée réunie pour l'occasion dans le gymnase municipal. Une phrase qui, depuis près d'un mois, voyageait de bouche à oreille, voletait de maison en maison, circulait de rue en rue, étendant son domaine à la vitesse d'une épidémie de grippe espagnole. D'abord murmure, elle s'était engraissée au fil des semaines, se repaissant de l'inquiétude des habitants, jusqu'à infester chaque foyer. À l'instant même où le maire s'arrachait à la contemplation de son pupitre pour affronter le regard de ses concitoyens, l'horloge de l'église catholique avait mis en branle ses rouages. Immobile depuis une minute, la grande aiguille avait lentement glissé sur le XII, couvrant de toute sa flèche la petite aiguille qui l'attendait pour annoncer midi. Libérée, la lourde cloche perchée dans le clocher ventru s'était balancée de contentement pour égrener les douze coups. Dans un synchronisme parfait, plusieurs poignets s'étaient élevés dans les airs tandis que les regards plongeaient vers les montres. Dix minutes ! Dix minutes s'étaient écoulées depuis que le carillon du temple protestant avait sonné. Tandis que le bourdon catholique retentissait une dernière fois, on avait pu lire sur chacun des visages une même grimace d'incrédulité et d'incompréhension. Les croyances se trouvaient profondément ébranlées et les certitudes mises à mal devant cette terrible constatation : les horloges ne concordaient plus.

C'était un village presque comme tous les autres. Un « presque » qui faisait la fierté de ses habitants et sublimait le bourg en lui conférant un caractère unique, comme un grain de beauté judicieusement placé au milieu d'un visage. Blotti dans la vallée, il s'effilochait entre les vieilles montagnes hérissées de sapins sombres, saupoudrant de toitures rouges les panses verdoyantes. Comme tout village, il avait son marché, ses jours de fêtes, sa place, sa mairie, ses commerces, son cimetière, son terrain de foot. Et puis il y avait ce « presque » devant lequel tout étranger de passage marquait souvent un temps d'arrêt, se demandant s'il n'était pas victime d'un mirage à la vue des deux bâtisses qui se faisaient face, deux tours de grès rose qui, de part et d'autre de la rue, étiraient vers le ciel leur clocher. Une église catholique et un temple protestant. Le dimanche matin, sur les coups de onze heures, leurs deux portes cochères s'entrouvraient de concert telles les vannes d'une écluse pour déverser dans la rue les deux assemblées de fidèles. Et tandis que les cloches carillonnaient de concert, les communautés catholiques et protestantes s'imbriquaient intimement pour ne plus former qu'une seule et même foule qui cascadait alors vers la place du marché dans un brouhaha de conversations enjouées, laissant dans leur dos les deux églises qui contemplaient, par les portes grandes ouvertes, leur ventre vide. Le village vivait ainsi dans l'harmonie au rythme de ses deux horloges battant comme deux cœurs pompant un même sang, égrenant le temps sans jamais se disjoindre. Et puis survint ce jour tragique du passage à l'heure d'été où chacune d'elles reprit sa liberté pour voler de ses propres aiguilles. Une minute les sépara, puis deux, puis enfin dix. Inlassablement, les hommes étaient montés à l'assaut des clochers, s'étaient faufilés entre les charpentes poussiéreuses pour rétablir d'une poussée de la main un semblant d'harmonie. Mais chaque lever de soleil mettait à jour un nouveau trou de dix minutes, comme si, durant la nuit, à l'ombre des étoiles, les horloges s'étaient livré bataille pour creuser un nouveau fossé temporel. Le village se mit à tituber d'un clocher à l'autre. Les habitants durent apprendre à vivre en permanence au milieu de ce désert de dix minutes où les gens en avance heurtaient ceux en retard. Le bourg prit bientôt l'apparence d'une fourmilière devenue folle. D'après les catholiques, il ne faisait aucun doute que l'horloge protestante avançait de dix minutes. Pour les protestants, il allait de soi que le coucou catholique était défaillant et accusait un retard de même durée. Chaque communauté, sûre de son bon droit divin, campait sur sa vérité et dénonçait la mauvaise foi de l'autre. L'intolérance et la haine n'avaient pas mis longtemps à germer sur ce terreau fertile. Les rideaux de fer des magasins qui autrefois s'élevaient et s'abaissaient en chœur montaient et descendaient à présent dans un désordre indescriptible à l'heure de l'ouverture et de la fermeture. Les trois abribus qui jalonnaient la commune ressemblaient à des îlots de naufragés où s'entassaient pêle-mêle catholiques et protestants, serrés les uns contre les autres dans une promiscuité douloureuse. Et lorsque le car municipal venait s'échouer à leurs pieds, les exclamations fusaient de toutes parts. Critiqué pour son retard, accusé d'être en avance, une grêle d'invectives et de reproches cinglants s'abattait sur le dos du pauvre chauffeur qui se cramponnait à son volant et se haïssait pour avoir voulu limiter les dégâts en coupant la poire de dix minutes en deux. L'unique horloger du village, lui, ne savait plus à quel saint se vouer. Il avait passé plusieurs nuits blanches à tourner et retourner le problème dans sa tête. Fort d'une clientèle fidèle mais cosmopolite, il marchait sur des œufs. Afficher l'heure protestante sur les pendulettes exposées en vitrine le condamnait à perdre la moitié de son chiffre d'affaires. Qu'il s'avise de les régler sur l'horloge catholique et il subirait la même sanction. Aussi, avait-il pris la même malheureuse décision que le chauffeur de bus : moitié, moitié. Voulant ainsi contenter tout le monde, il n'avait finalement satisfait personne. Traité de pourvoyeur de Satan, de mécréant à la solde des protestants, de traître soudoyé par les cathos, la clochette accrochée au-dessus de la porte de son échoppe ne retentissait plus qu'à l'entrée du facteur qui déposait le courrier sur le comptoir avec un dédain non dissimulé. L'agence postale tenue par Mademoiselle Dormoy était restée l'unique havre de paix de tout le village, un no man's land où les gens venaient se réfugier pour échapper un temps à la folie qui régnait au-dehors. Jamais par le passé le local minuscule n'avait connu une telle affluence. Ici, la seule heure qui soit tolérée était celle diffusée par l'horloge parlante. Et Mademoiselle Dormoy y veillait. Immobile derrière son guichet, elle restait quoi qu'il arrive la patronne de ce Fort Alamo. Chacune des deux communautés avait bien entendu tenté d'amadouer cette pièce maîtresse pour la rallier à son horaire. Mais les émissaires des deux camps s'en étaient retournés avec, vrillés dans les tympans, les bips sonores de l'horloge parlante diffusés par le haut-parleur du téléphone et qui donnaient une heure située à égale distance de temps que celles affichées par les clochers ennemis. On n'achetait pas Mademoiselle Dormoy. Sa droiture était rectiligne comme une autoroute australienne et avait l'étroitesse d'un chemin vicinal. Le journal officiel était sa bible. Elle n'avait jamais trahi le règlement et ce n'était pas à un an de la retraite qu'elle allait commencer.

Devant l'ampleur du désastre, le maire avait réuni la population afin de trouver une solution adéquate, dans le calme et la concertation. « Les horloges ne concordent plus. » Le premier magistrat avait répété l'évidence sur un ton qui se voulait grave et solennel. Il aurait pu dire « Les horloges ne sont plus justes » ou « Les horloges n'indiquent plus la même heure » mais il avait maladroitement porté son choix sur ce verbe aux relents de discorde. L'équilibre était rompu. Le souvenir d'une époque dorée où régnait la symétrie des aiguilles avait plané un bref instant sur l'assemblée, mouillant quelques yeux, avant que la question ne revienne avec force : laquelle des deux horloges donnait l'heure juste ? S'étaient engagés des palabres interminables entre parties adverses pour tenter de résoudre le problème. Chacune avait bien entendu la solution, sa solution. Tour à tour, le prêtre et le pasteur étaient montés à la tribune érigée pour l'occasion et avaient harangué la foule de prêches enflammés. Loin de calmer les rancœurs, leurs bonnes paroles avaient jeté la confusion dans les esprits en ravivant le souvenir de conflits vieux de plusieurs siècles. Devant l'incapacité des uns et des autres à trouver une solution satisfaisante, décision avait été prise à la nuit tombée de soumettre la question aux votes. À la hâte, la secrétaire de mairie avait photocopié les bulletins sur lesquels figuraient les initiales HC et HP, respectivement pour heure catholique et heure protestante. L'urne, remisée au grenier depuis les dernières élections, avait été dépoussiérée et apportée dans le gymnase. Il régnait dans la salle une ambiance de finale avec des supporters au bord de l'explosion. Pressé d'en découdre, chacun avait participé à la mise en place de ce bureau de vote improvisé. Un quart d'heure plus tard, le tissu vert tendre des isoloirs coulissait sur les tringles sous l'assaut des premiers électeurs. On était bien loin de ces journées de grande messe citoyenne où les gens défilaient dans un silence de cathédrale vers les bureaux pour piocher parmi les bulletins avec parcimonie avant de déposer dans l'urne d'un geste empreint de solennité le fruit de leur vote. Dans un même élan, la horde de citoyens s'était finalement ruée sur les deux piles de feuillets tel un essaim de criquets sur un champ de blé mûr. Après avoir vacillé sur leur base lors de la première vague, les isoloirs s'étaient écroulés d'un bloc dans un vacarme assourdissant. Les femmes avaient hurlé de peur, les hommes grogné de rage. Et dans la bousculade, les premiers coups étaient partis. Coups d'épaule, coups de coude et pour finir coups de poing. Les pieds avaient volé à la rencontre des tibias, les mains avaient claqué sur les joues. Les insultes avaient jailli, couvrant les cris de douleur qui montaient de la mêlée. Le prêtre et le pasteur, manches retroussées, le visage empourpré, s'étaient battus comme deux coqs de basse-cour. Brassés dans la tourmente, quelques bulletins s'étaient évadés vers le plafond et tournoyaient au-dessus des têtes, peu pressés de rejoindre le sol.

Le vieux Samuel était resté à l'écart. Assis sur les gradins du gymnase, personne ne semblait avoir remarqué sa présence. On ne remarquait jamais le vieux Samuel. Il y avait bien longtemps que l'on ne faisait plus attention à lui. On ne le haïssait pas, pas plus qu'on l'aimait. Il était là, un point c'est tout. Il faisait partie du paysage au même titre que le vieux tilleul ébranché qui ornait la place du village ou le banc de granit accolé à la fontaine. Il avait débarqué dans le fond de cette vallée quarante ans plus tôt, sac sur le dos. Il s'était posé là sans déranger, sans faire plus de bruit qu'un chat qui s'allonge dans un rayon de soleil, se disant en son for intérieur qu'un village qui possédait deux églises ne devait pas être pire qu'un autre. Il avait vivoté au gré des petits boulots et des services rendus. Après plusieurs années, on l'avait finalement embauché comme fossoyeur municipal. Il avait enterré sans distinction catholiques et protestants pendant des décennies. Un trou était un trou et la brûlure que laissait le manche de la pelle sur les paumes n'avait que faire des convictions religieuses. Pendant que la bagarre faisait rage sous ses yeux, son cœur s'était mis à battre plus vite. Des images d'un autre temps avaient défilé dans son esprit. Des vitrines brisées sous les coups de manches de pioche, de jolies petites étoiles ensoleillées cousues sur le tissu des vestes, des corps faméliques enfermés dans des pyjamas couverts de barreaux, d'autres empilés par centaines comme de vulgaires bûches. Lui, Samuel Levinsky, le petit Juif de Silésie orientale, aurait aimé leur crier qu'il savait jusqu'où pouvait mener la haine. Il lui suffisait pour cela de retrousser la manche de sa chemise et de contempler la série de numéros violacés qui courait sur la peau parcheminée de son avant-bras. Lui qui ne parlait jamais avait eu en cet instant une envie irrésistible de hurler. Hurler pour leur dire que le temps ne valait vraiment pas la peine qu'on se batte pour lui, qu'il ne fallait pas laisser la haine prendre le dessus, qu'après il serait trop tard. Mais Samuel n'était qu'un fossoyeur et on n'écoutait pas les fossoyeurs, il le savait bien. Les fossoyeurs n'avaient qu'un droit sur cette terre : celui de creuser en silence. Alors il s'était levé et avait quitté le gymnase de son pas discret, tournant le dos à la foule en furie, et était rentré chez lui. Il s'était endormi en priant pour qu'on enterre rapidement la hache de guerre. L'idée l'avait réveillé au beau milieu de la nuit. Lumineuse et simple. Se sentant investi d'une mission divine, le vieux Samuel avait enfilé ses vêtements à la hâte avant de trottiner à travers les rues en direction des deux églises.

Cela faisait maintenant plusieurs heures qu'il avait quitté son lit et il était au bord de l'épuisement. À son âge, on ne grimpait pas impunément dans les clochers sans en payer le prix. De ses mains terreuses, il attrapa le sac en toile de jute posé au bord du trou et le balança dans le rectangle sombre. Son contenu émit un bruit métallique tandis qu'une première pelletée de terre s'abattait sur lui. Lorsqu'il eut fini, Samuel piétina la terre meuble afin d'aplanir le sol et d'effacer toutes traces de son forfait. Il remonta l'allée pour remiser les outils dans leur cabanon de bois et quitta le cimetière en sifflotant un air de son enfance. À cette heure matinale, tout le village dormait encore. Tandis qu'il passait entre les deux églises, il leva la tête en direction des deux horloges pour admirer son œuvre. Tout là-haut, les deux cadrans brillaient comme des lunes. Deux astres blancs qui se faisaient face, orphelins de leurs aiguilles.

« Temps mort » a reçu le 2e prix
de la ville de Tulle, 2000.

In nomine Tetris	11
Macadam	23
Mosquito	35
Shrapnel	53
Menu à la carte	65
Le jardin des étoiles	79
Le vieux	87
Brume	101
Rose sparadrap	111
Sanctuaire	123
Temps mort	133

DU MÊME AUTEUR

Aux Éditions du Diable vauvert

LE LISEUR DU 6 H 27, 2014 (Folio n° 5981)
MACADAM, *nouvelles*, 2015 (Folio n° 6484)
LE RESTE DE LEUR VIE, 2016 (Folio n° 6344)
LA FISSURE, 2018

Aux Éditions Gallimard

Dans la collection « Écoutez lire »
LE LISEUR DU 6 H 27, 1 CD

COLLECTION FOLIO

Dernières parutions

6192. Kenzaburô Ôé — *Une affaire personnelle*
6193. Kenzaburô Ôé — *M/T et l'histoire des merveilles de la forêt*
6194. Arto Paasilinna — *Moi, Surunen, libérateur des peuples opprimés*
6195. Jean-Christophe Rufin — *Check-point*
6196. Jocelyne Saucier — *Les héritiers de la mine*
6197. Jack London — *Martin Eden*
6198. Alain — *Du bonheur et de l'ennui*
6199. Anonyme — *Le chemin de la vie et de la mort*
6200. Cioran — *Ébauches de vertige*
6201. Épictète — *De la liberté*
6202. Gandhi — *En guise d'autobiographie*
6203. Ugo Bienvenu — *Sukkwan Island*
6204. Moynot – Némirovski — *Suite française*
6205. Honoré de Balzac — *La Femme de trente ans*
6206. Charles Dickens — *Histoires de fantômes*
6207. Erri De Luca — *La parole contraire*
6208. Hans Magnus Enzensberger — *Essai sur les hommes de la terreur*
6209. Alain Badiou – Marcel Gauchet — *Que faire ?*
6210. Collectif — *Paris sera toujours une fête*
6211. André Malraux — *Malraux face aux jeunes*
6212. Saul Bellow — *Les aventures d'Augie March*
6213. Régis Debray — *Un candide à sa fenêtre. Dégagements II*
6214. Jean-Michel Delacomptée — *La grandeur. Saint-Simon*

6215.	Sébastien de Courtois	*Sur les fleuves de Babylone, nous pleurions. Le crépuscule des chrétiens d'Orient*
6216.	Alexandre Duval-Stalla	*André Malraux - Charles de Gaulle : une histoire, deux légendes*
6217.	David Foenkinos	*Charlotte*, avec des gouaches de Charlotte Salomon
6218.	Yannick Haenel	*Je cherche l'Italie*
6219.	André Malraux	*Lettres choisies 1920-1976*
6220.	François Morel	*Meuh !*
6221.	Anne Wiazemsky	*Un an après*
6222.	Israël Joshua Singer	*De fer et d'acier*
6223.	François Garde	*La baleine dans tous ses états*
6224.	Tahar Ben Jelloun	*Giacometti, la rue d'un seul*
6225.	Augusto Cruz	*Londres après minuit*
6226.	Philippe Le Guillou	*Les années insulaires*
6227.	Bilal Tanweer	*Le monde n'a pas de fin*
6228.	Madame de Sévigné	*Lettres choisies*
6229.	Anne Berest	*Recherche femme parfaite*
6230.	Christophe Boltanski	*La cache*
6231.	Teresa Cremisi	*La Triomphante*
6232.	Elena Ferrante	*Le nouveau nom. L'amie prodigieuse, II*
6233.	Carole Fives	*C'est dimanche et je n'y suis pour rien*
6234.	Shilpi Somaya Gowda	*Un fils en or*
6235.	Joseph Kessel	*Le coup de grâce*
6236.	Javier Marías	*Comme les amours*
6237.	Javier Marías	*Dans le dos noir du temps*
6238.	Hisham Matar	*Anatomie d'une disparition*
6239.	Yasmina Reza	*Hammerklavier*
6240.	Yasmina Reza	*« Art »*
6241.	Anton Tchékhov	*Les méfaits du tabac* et autres pièces en un acte
6242.	Marcel Proust	*Journées de lecture*

6243.	Franz Kafka	*Le Verdict – À la colonie pénitentiaire*
6244.	Virginia Woolf	*Nuit et jour*
6245.	Joseph Conrad	*L'associé*
6246.	Jules Barbey d'Aurevilly	*La Vengeance d'une femme* précédé du *Dessous de cartes d'une partie de whist*
6247.	Victor Hugo	*Le Dernier Jour d'un Condamné*
6248.	Victor Hugo	*Claude Gueux*
6249.	Victor Hugo	*Bug-Jargal*
6250.	Victor Hugo	*Mangeront-ils ?*
6251.	Victor Hugo	*Les Misérables. Une anthologie*
6252.	Victor Hugo	*Notre-Dame de Paris. Une anthologie*
6253.	Éric Metzger	*La nuit des trente*
6254.	Nathalie Azoulai	*Titus n'aimait pas Bérénice*
6255.	Pierre Bergounioux	*Catherine*
6256.	Pierre Bergounioux	*La bête faramineuse*
6257.	Italo Calvino	*Marcovaldo*
6258.	Arnaud Cathrine	*Pas exactement l'amour*
6259.	Thomas Clerc	*Intérieur*
6260.	Didier Daeninckx	*Caché dans la maison des fous*
6261.	Stefan Hertmans	*Guerre et Térébenthine*
6262.	Alain Jaubert	*Palettes*
6263.	Jean-Paul Kauffmann	*Outre-Terre*
6264.	Jérôme Leroy	*Jugan*
6265.	Michèle Lesbre	*Chemins*
6266.	Raduan Nassar	*Un verre de colère*
6267.	Jón Kalman Stefánsson	*D'ailleurs, les poissons n'ont pas de pieds*
6268.	Voltaire	*Lettres choisies*
6269.	Saint Augustin	*La Création du monde et le Temps*
6270.	Machiavel	*Ceux qui désirent acquérir la grâce d'un prince...*

6271. Ovide	*Les remèdes à l'amour* suivi de *Les Produits de beauté pour le visage de la femme*
6272. Bossuet	*Sur la brièveté de la vie et autres sermons*
6273. Jessie Burton	*Miniaturiste*
6274. Albert Camus – René Char	*Correspondance 1946-1959*
6275. Erri De Luca	*Histoire d'Irène*
6276. Marc Dugain	*Ultime partie. Trilogie de L'emprise, III*
6277. Joël Egloff	*J'enquête*
6278. Nicolas Fargues	*Au pays du p'tit*
6279. László Krasznahorkai	*Tango de Satan*
6280. Tidiane N'Diaye	*Le génocide voilé*
6281. Boualem Sansal	*2084. La fin du monde*
6282. Philippe Sollers	*L'École du Mystère*
6283. Isabelle Sorente	*La faille*
6285. Jules Michelet	*Jeanne d'Arc*
6286. Collectif	*Les écrivains engagent le débat. De Mirabeau à Malraux, 12 discours d'hommes de lettres à l'Assemblée nationale*
6287. Alexandre Dumas	*Le Capitaine Paul*
6288. Khalil Gibran	*Le Prophète*
6289. François Beaune	*La lune dans le puits*
6290. Yves Bichet	*L'été contraire*
6291. Milena Busquets	*Ça aussi, ça passera*
6292. Pascale Dewambrechies	*L'effacement*
6293. Philippe Djian	*Dispersez-vous, ralliez-vous !*
6294. Louisiane C. Dor	*Les méduses ont-elles sommeil ?*
6295. Pascale Gautier	*La clef sous la porte*
6296. Laïa Jufresa	*Umami*
6297. Héléna Marienské	*Les ennemis de la vie ordinaire*
6298. Carole Martinez	*La Terre qui penche*
6299. Ian McEwan	*L'intérêt de l'enfant*
6300. Edith Wharton	*La France en automobile*

6301.	Élodie Bernard	*Le vol du paon mène à Lhassa*
6302.	Jules Michelet	*Journal*
6303.	Sénèque	*De la providence*
6304.	Jean-Jacques Rousseau	*Le chemin de la perfection vous est ouvert...*
6305.	Henry David Thoreau	*De la simplicité !*
6306.	Érasme	*Complainte de la paix*
6307.	Vincent Delecroix/ Philippe Forest	*Le deuil. Entre le chagrin et le néant*
6308.	Olivier Bourdeaut	*En attendant Bojangles*
6309.	Astrid Éliard	*Danser*
6310.	Romain Gary	*Le Vin des morts*
6311.	Ernest Hemingway	*Les aventures de Nick Adams*
6312.	Ernest Hemingway	*Un chat sous la pluie*
6313.	Vénus Khoury-Ghata	*La femme qui ne savait pas garder les hommes*
6314.	Camille Laurens	*Celle que vous croyez*
6315.	Agnès Mathieu-Daudé	*Un marin chilien*
6316.	Alice McDermott	*Somenone*
6317.	Marisha Pessl	*Intérieur nuit*
6318.	Mario Vargas Llosa	*Le héros discret*
6319.	Emmanuel Bove	*Bécon-les-Bruyères* suivi du *Retour de l'enfant*
6320.	Dashiell Hammett	*Tulip*
6321.	Stendhal	*L'abbesse de Castro*
6322.	Marie-Catherine Hecquet	*Histoire d'une jeune fille sauvage trouvée dans les bois à l'âge de dix ans*
6323.	Gustave Flaubert	*Le Dictionnaire des idées reçues*
6324.	F. Scott Fitzgerald	*Le réconciliateur* suivi de *Gretchen au bois dormant*
6325.	Madame de Staël	*Delphine*
6326.	John Green	*Qui es-tu Alaska ?*
6327.	Pierre Assouline	*Golem*

6328.	Alessandro Baricco	*La Jeune Épouse*
6329.	Amélie de Bourbon Parme	*Le secret de l'empereur*
6330.	Dave Eggers	*Le Cercle*
6331.	Tristan Garcia	*7. romans*
6332.	Mambou Aimée Gnali	*L'or des femmes*
6333.	Marie Nimier	*La plage*
6334.	Pajtim Statovci	*Mon chat Yugoslavia*
6335.	Antonio Tabucchi	*Nocturne indien*
6336.	Antonio Tabucchi	*Pour Isabel*
6337.	Iouri Tynianov	*La mort du Vazir-Moukhtar*
6338.	Raphaël Confiant	*Madame St-Clair. Reine de Harlem*
6339.	Fabrice Loi	*Pirates*
6340.	Anthony Trollope	*Les Tours de Barchester*
6341.	Christian Bobin	*L'homme-joie*
6342.	Emmanuel Carrère	*Il est avantageux d'avoir où aller*
6343.	Laurence Cossé	*La Grande Arche*
6344.	Jean-Paul Didierlaurent	*Le reste de leur vie*
6345.	Timothée de Fombelle	*Vango, II. Un prince sans royaume*
6346.	Karl Ove Knausgaard	*Jeune homme, Mon combat III*
6347.	Martin Winckler	*Abraham et fils*
6348.	Paule Constant	*Des chauves-souris, des singes et des hommes*
6349.	Marie Darrieussecq	*Être ici est une splendeur*
6350.	Pierre Deram	*Djibouti*
6351.	Elena Ferrante	*Poupée volée*
6352.	Jean Hatzfeld	*Un papa de sang*
6353.	Anna Hope	*Le chagrin des vivants*
6354.	Eka Kurniawan	*L'homme-tigre*
6355.	Marcus Malte	*Cannisses* suivi de *Far west*
6356.	Yasmina Reza	*Théâtre : Trois versions de la vie / Une pièce espagnole / Le dieu du carnage / Comment vous racontez la partie*

6357.	Pramoedya Ananta Toer	*La Fille du Rivage. Gadis Pantai*
6358.	Sébastien Raizer	*Petit éloge du zen*
6359.	Pef	*Petit éloge de lecteurs*
6360.	Marcel Aymé	*Traversée de Paris*
6361.	Virginia Woolf	*En compagnie de Mrs Dalloway*
6362.	Fédor Dostoïevski	*Un petit héros. Extrait de mémoires anonymes*
6363.	Léon Tolstoï	*Les Insurgés. Cinq récits sur le tsar et la révolution*
6364.	Cioran	*Pensées étranglées* précédé du *Mauvais démiurge*
6365.	Saint Augustin	*L'aventure de l'esprit et autres confessions*
6366.	Simone Weil	*Pensées sans ordre concernant l'amour de Dieu et autres textes*
6367.	Cicéron	*Comme il doit en être entre honnêtes hommes...*
6368.	Victor Hugo	*Les Misérables*
6369.	Patrick Autréaux	*Dans la vallée des larmes* suivi de *Soigner*
6370.	Marcel Aymé	*Les contes du chat perché*
6371.	Olivier Cadiot	*Histoire de la littérature récente (tome 1)*
6372.	Albert Camus	*Conférences et discours 1936-1958*
6373.	Pierre Raufast	*La variante chilienne*
6374.	Philip Roth	*Laisser courir*
6375.	Jérôme Garcin	*Nos dimanches soir*
6376.	Alfred Hayes	*Une jolie fille comme ça*
6377.	Hédi Kaddour	*Les Prépondérants*
6378.	Jean-Marie Laclavetine	*Et j'ai su que ce trésor était pour moi*
6379.	Patrick Lapeyre	*La Splendeur dans l'herbe*
6380.	J.M.G. Le Clézio	*Tempête*

6381.	Garance Meillon	*Une famille normale*
6382.	Benjamin Constant	*Journaux intimes*
6383.	Soledad Bravi	*Bart is back*
6384.	Stephanie Blake	*Comment sauver son couple en 10 leçons (ou pas)*
6385.	Tahar Ben Jelloun	*Le mariage de plaisir*
6386.	Didier Blonde	*Leïlah Mahi 1932*
6387.	Velibor Čolić	*Manuel d'exil. Comment réussir son exil en trente-cinq leçons*
6388.	David Cronenberg	*Consumés*
6389.	Éric Fottorino	*Trois jours avec Norman Jail*
6390.	René Frégni	*Je me souviens de tous vos rêves*
6391.	Jens Christian Grøndahl	*Les Portes de Fer*
6392.	Philippe Le Guillou	*Géographies de la mémoire*
6393.	Joydeep Roy-Bhattacharya	*Une Antigone à Kandahar*
6394.	Jean-Noël Schifano	*Le corps de Naples. Nouvelles chroniques napolitaines*
6395.	Truman Capote	*New York, Haïti, Tanger et autres lieux*
6396.	Jim Harrison	*La fille du fermier*
6397.	J.-K. Huysmans	*La Cathédrale*
6398.	Simone de Beauvoir	*Idéalisme moral et réalisme politique*
6399.	Paul Baldenberger	*À la place du mort*
6400.	Yves Bonnefoy	*L'écharpe rouge* suivi de *Deux scènes et notes conjointes*
6401.	Catherine Cusset	*L'autre qu'on adorait*
6402.	Elena Ferrante	*Celle qui fuit et celle qui reste. L'amie prodigieuse III*
6403.	David Foenkinos	*Le mystère Henri Pick*
6404.	Philippe Forest	*Crue*
6405.	Jack London	*Croc-Blanc*
6406.	Luc Lang	*Au commencement du septième jour*

6407. Luc Lang	*L'autoroute*
6408. Jean Rolin	*Savannah*
6409. Robert Seethaler	*Une vie entière*
6410. François Sureau	*Le chemin des morts*
6411. Emmanuel Villin	*Sporting Club*
6412. Léon-Paul Fargue	*Mon quartier et autres lieux parisiens*
6413. Washington Irving	*La Légende de Sleepy Hollow*
6414. Henry James	*Le Motif dans le tapis*
6415. Marivaux	*Arlequin poli par l'amour et autres pièces en un acte*
6417. Vivant Denon	*Point de lendemain*
6418. Stefan Zweig	*Brûlant secret*
6419. Honoré de Balzac	*La Femme abandonnée*
6420. Jules Barbey d'Aurevilly	*Le Rideau cramoisi*
6421. Charles Baudelaire	*La Fanfarlo*
6422. Pierre Loti	*Les Désenchantées*
6423. Stendhal	*Mina de Vanghel*
6424. Virginia Woolf	*Rêves de femmes. Six nouvelles*
6425. Charles Dickens	*Bleak House*
6426. Julian Barnes	*Le fracas du temps*
6427. Tonino Benacquista	*Romanesque*
6428. Pierre Bergounioux	*La Toussaint*
6429. Alain Blottière	*Comment Baptiste est mort*
6430. Guy Boley	*Fils du feu*
6431. Italo Calvino	*Pourquoi lire les classiques*
6432. Françoise Frenkel	*Rien où poser sa tête*
6433. François Garde	*L'effroi*
6434. Franz-Olivier Giesbert	*L'arracheuse de dents*
6435. Scholastique Mukasonga	*Cœur tambour*
6436. Herta Müller	*Dépressions*
6437. Alexandre Postel	*Les deux pigeons*
6438. Patti Smith	*M Train*
6439. Marcel Proust	*Un amour de Swann*
6440. Stefan Zweig	*Lettre d'une inconnue*

294669

*Composition : Nord Compo
Impression Novoprint
à Barcelone, le 4 avril 2018
Dépôt légal : avril 2018*

ISBN 978-2-07-046869-0./ Imprimé en Espagne.